# VAL
# MREJEN

## Trois quartiers

Mon grand-père
suivi de
L'Agrume
suivi de
Eau sauvage
Préface inédite de l'auteur

J'AI
LU

## NOUVELLE
## GENERATION

L'auteur remercie le CNL

# Trois quartiers

## Quartier d'hiver

Sans trop savoir pourquoi, je m'étais inscrite aux Beaux-Arts de Glasgow pour suivre un *Master of Fine Arts*. Il restait une place disponible avec deux autres filles dans un appartement excentré et peu cher. C'était dans un quartier sinistre et délabré, desservi par un train de banlieue qui passait toutes les demi-heures. Les deux colocataires m'ont présenté la chambre qui restait : elle était plus petite et donnait sur la rue, une rue passante empruntée par les bus jusque tard dans la nuit. Le propriétaire avait acheté un lot de trois parures de lit en synthétique à fleurs, la moquette de ma chambre, autrefois neuve, épaisse et rose, avait été irréversiblement tachée et piétinée. Il y avait une table basse pour travailler assis par terre, et une penderie avec les cintres qu'elles avaient laissés. L'aspirateur faisait un bruit énorme et exhalait une odeur de poussière mais ne faisait que souffler faiblement sur les saletés.

Le matin, j'étais réveillée par le chuintement des roues sur la chaussée humide. La couleur du ciel donnait l'impression que le jour ne se lèverait pas, que la pluie ne cesserait jamais. Je décidai d'aller chaque jour à pied jusqu'à l'école pour éviter de prendre froid en attendant le bus. J'aimais mieux marcher sous la pluie. C'était tout droit : Duke Street changeait plusieurs fois de nom, devenait plus étroite, traversait des zones différentes, était d'abord une rue, puis un boulevard, puis une route, puis une avenue, puis un tunnel, puis à nouveau une rue.

Elle longeait un vieux bâtiment en pierre rouge écossaise dont ne restait que la façade aux vitres toutes brisées, un hôpital désaffecté, des tours aux halls d'entrée desservis par des allées serpentines, du gazon ras, une brasserie dont les cheminées, dépassant du haut mur de brique, faisaient penser aux pistons nickelés d'un moteur et dégageaient une odeur de pétrole mêlée de pois cassés trop cuits. Il y avait quelques pubs miteux, un abattoir aveugle, un parking de supermarché, une poste, un ou deux magasins d'alcool entièrement grillagés.

Nos ateliers se trouvaient dans une extension récente à côté de la voie rapide, à quelques rues du bâtiment de Mackintosh. La directrice attribuait elle-même les espaces encore disponibles. Une fois installé dans un coin, généralement délimité par des tréteaux, un rouleau de papier ou un socle en contreplaqué repeint par des générations successives d'étudiants, il valait mieux venir une fois de temps en temps pour ne pas retrouver ses affaires entassées dans un coin.

Il y avait des graffitis dans les toilettes, sur certains murs, sur les portes des ateliers ; de petits dessins et écritures provoquant dès l'abord une impression désagréable, mais qui devenaient vite des repères, des jalons familiers, un paysage réconfortant d'inscriptions à relire dans les moments d'incertitude. Installée à ma table – un panneau de bois truffé d'agrafes et de punaises incrustées à jamais – j'avais toujours peur que quelqu'un, en ouvrant brusquement la porte, ne soit choqué et étonné de me voir ainsi utiliser le vaste espace de l'atelier comme un simple bureau. J'avais pensé faire une série sur les gâteaux d'anniversaire, avec des messages tracés au sirop de chocolat ou rédigés avec des lettres en sucre. Les phrases étaient *Don't overstuff yourself, You'd better appreciate this, Don't pig out, What do you say?*, etc. Je rangeais les gâteaux, que j'avais commandés dans des pâtisseries, sous la planche pour qu'on ne les vole pas. Ils étaient recouverts de pâte d'amande blanche et glacée, quelquefois décorés de roses ou de festons, très lourds et durs comme de la brique. J'entrai un jour à la bibliothèque pour essayer d'envoyer un e-mail. Le sas vitré débouchait sur un tourniquet encadré par des détecteurs. Après s'être inscrit à l'accueil, on obtenait une feuille avec un numéro secret et l'on pouvait s'installer à un poste. Il y avait une cinquantaine d'ordinateurs. Je me mis à venir tous les jours ; je commençai à rédiger un texte de présentation sur les histoires affreuses de mon grand-père en essayant d'en faire tenir le maximum en un court paragraphe. Petit à petit, je me remémorai d'autres souvenirs et continuai à les noter. J'y passais mes journées jusqu'à la fermeture vers 17 heures. Ils ouvraient le matin à 10 heures. Je pris l'habitude d'écrire et de relire sans les accents car tous les claviers étaient anglophones et je ne savais pas comment taper le é, le è, le ë, le ê, le à, le ï, le î ni le ù.

L'isolement, l'humidité ambiante, l'appréhension à rester dans les ateliers ou dans l'appartement m'incitaient à me retrouver dans cette bibliothèque chauffée dont les fenêtres haut perchées présentaient l'avantage de faire passer un peu de lumière en épargnant la vision des immeubles en face.

J'achetai une disquette sur laquelle j'enregistrais chaque fois les ajouts et les modifications. En arrivant, je l'introduisais dans la fente et ouvrais mon fichier. Le soir, je passais faire des courses au supermarché du quartier. Il était difficile à repérer lorsqu'on ne connaissait pas bien ; l'accès se faisait par un escalator dont rien n'indiquait la destination, caché par un tunnel en tôle qui débouchait directement dans le magasin. Je ne savais jamais quoi acheter car tout était rebutant ; les fruits et les légumes semblaient avoir été sélectionnés par des phobiques du résidu terreux et de la sale nature. Les brocolis étaient conditionnés dans des sachets, découpés, propres et déjà persillés, les pommes miroitaient exagérément, quant aux raisins, ils avaient l'air factices.

Je sillonnais les allées, observant incrédule les emballages de nourriture industrielle et leurs couleurs chimiques. Il y avait une série de pâtes à la sauce tomate en boîte pour les enfants sur tous les thèmes fédérateurs : le foot, les poupées Barbie, les Spice Girls, les dinosaures ou les Teletubbies, avec des étiquettes en hologrammes et des typographies hallucinées. Je tombai même sur une barquette de frites précuites à réchauffer. Dehors, cela sentait le *fish and chips*. La légende racontait qu'on trouvait des parts de pizza et des Mars frits.

Je pris la décision de rentrer à Paris au bout de quelques mois, quand je compris que le programme devait durer deux ans. Je laissai les gâteaux remisés dans un coin, donnai mon préavis pour la location de la chambre et rendis ses draps à la directrice. Je laissai sans regrets l'appartement, fis un dernier tour par le centre, remarquai des jeunes filles en nu-pieds pour aller danser alors qu'il tombait de la grêle, humai l'odeur de sauce vinaigrée et de poisson frit, retournai au cimetière, contemplai le ciel sur les tombes, roulai l'édredon que j'avais acheté sur place et mis dedans la bouteille de whisky pour bien la protéger.

# Mon grand-père

MON grand-père amenait ses maîtresses chez lui et faisait l'amour avec elles en couchant ma mère dans le même lit. Ma grand-mère, dont c'était le deuxième mari, demanda le divorce. Après avoir fait mine de vouloir se tuer avec un couteau de cuisine, il accepta gentiment. Ma grand-mère se remaria avec un gigolo, et mon grand-père épousa sa secrétaire qui avait trente ans de moins que lui. Comme voyage de noces, il l'envoya en vacances avec ma mère, car ses affaires le retenaient à Paris et qu'il ne pouvait se permettre de prendre du bon temps comme ça. Mon grand-père voulut se venger de ma grand-mère pour l'avoir quitté. Il eut l'idée de dénoncer son ex-beau-père aux impôts afin que celui-ci ait un contrôle fiscal. Le père de ma grand-mère, qui avait beaucoup d'argent à rembourser, sauta de la tour Eiffel. De l'union de mon grand-père et de sa femme naquit une petite fille. Lorsqu'il amenait ses maîtresses chez lui, mon grand-père faisait l'amour avec elles en couchant ma tante dans le même lit. Pendant ce temps, le troisième mari de ma grand-mère commençait à s'intéresser à ma mère, qui était jeune, belle et naïve. Il partit finalement avec une hôtesse de l'air qu'il avait tamponnée en voiture, et dont il tomba amoureux en remplissant le constat amiable. Ma grand-mère se jeta par la fenêtre de son appartement. Un peu plus tard, la seconde femme de mon grand-père se suicida en sautant du haut de son immeuble. Mon grand-père refit sa vie avec une dame dont le nom était

Jeanine mais que nous surnommions Lolotte. Lolotte changeait de couleur de cheveux tous les deux jours. Elle mourut d'un cancer du poumon. Mon grand-père fut presque aussi triste que le jour où il perdit son chien Xénophon.

Mon grand-père réussissait la sauce béarnaise. Il nous en préparait chaque fois que nous allions déjeuner chez lui, avec de la viande et des frites. Comme entrée, il servait souvent du pâté de sardines et des toasts.

La télévision était posée sur une sorte de promontoire Empire qui servait de meuble à bouteilles pour les alcools.
(J'ai l'impression que mon grand-père aime bien prendre l'apéritif, car j'ai remarqué qu'il avait souvent une haleine de whisky.)
Son lit était recouvert de fausse fourrure noire, et il y avait au mur la reproduction d'un dessin représentant un cheval vu de face. Il y avait aussi un calendrier avec des photos de femmes nues qu'il faisait semblant de cacher en en laissant dépasser un côté de sous son lit. Mon grand-père aimait bien parler des femmes en évaluant si elles étaient ou non consommables et prenait plaisir à raconter des blagues obscènes à table.

On dit qu'il engrossa une bonne au service de ses parents, qui perdit sa place et partit élever son enfant seule.

L'enfant était paraît-il une fille, le portrait de ma mère en blonde.

Lorsque ma mère était enfant, elle eut un jour l'audace de recracher des lentilles à table. Mon grand-père lui hurla dessus tellement fort qu'elle fut traumatisée.

Ma mère était amoureuse d'un ami de la famille lorsqu'elle avait seize ans. Un jour, cet ami appela mon grand-père pour lui raconter des horreurs et tenir des propos infâmes. Le premier réflexe de mon grand-père fut de tendre l'écouteur à ma mère afin d'observer la déception sur son visage.

Mon grand-père était très sévère sur la façon de se tenir à table. Il faisait des yeux exorbités si nous agitions nos couverts en parlant.

Lorsqu'il voulait se montrer méprisant envers un homme qu'il n'aimait pas, mon grand-père l'appelait «ce monsieur». Il disait «je ne veux pas avoir affaire à ce monsieur».

Dans sa salle de bains, les robinets étaient beaucoup trop près du bord de la vasque, si bien que c'était impossible de se laver les mains. Il fallait les coller contre la faïence en tordant les poignets.

Il y avait une sorte de tapis en caoutchouc avec des motifs d'empreintes de pied dans le fond de sa baignoire.

Mon grand-père nous menaçait en nous disant qu'il allait nous masser la cellulite.

La sœur de mon grand-père s'appelle Nicole mais son surnom est Ligou.

Tante Ligou est très riche, elle habite dans le seizième où elle partage un appartement avec son teckel.
Elle fut mariée à un homme qui est mort maintenant, mais qui s'appelait Roger.
Roger tenait un magasin de chaussures sur les Champs-Élysées et allait tous les jours boire un whisky au Fouquet's. Il avait des yeux pâles et un regard stupide. Roger et Ligou passaient les mois de juillet à Deauville et les mois d'août à Cannes. Ils n'aimaient pas changer.

Quand ma grand-mère était plus jeune, elle s'était déjà mariée avant de rencontrer mon grand-père. Elle avait eu un fils qui s'appelle Bernard.

Bernard s'est marié avec Josiane. Ils eurent deux enfants.

Josiane utilise un fond de teint aisément détectable et s'encolle les cils de rimmel bleu vif.

Elle porte un manteau de fourrure en renard orné de queues de raton laveur. Ses cheveux sont blond naturel.

Ma mère avait un oncle et une tante, tonton Fred et tante Simone, qui tenaient un magasin de vêtements à Levallois. Ils vendaient des costumes, des chemises, des cravates, des chaussettes, des pulls à col V et des pochettes en soie. Tonton Fred avait un dentier et tante Simone se mettait du spray violet dans les cheveux. Ils avaient une fille, Michèle, que l'on appelait Mimiche, et qui était mariée à un certain Serge. Mimiche et Serge avaient adopté une fille car ils ne pouvaient pas avoir d'enfants. Leur fille avait beaucoup de problèmes.

Mimiche parlait et fumait beaucoup. Elle semblait toujours gaie, contrairement à son mari qui avait l'air de s'emmerder comme un rat mort. Je me souviens qu'elle ne portait que des bijoux en or car elle était allergique aux autres métaux.

Mon père et ma mère se connurent autour d'une table ronde dans un club de rencontres. Ils commencèrent tout de suite à se fréquenter.

Mon père fut reçu dans la famille de ma mère. Il y avait mon grand-père, la soixantaine, accompagné de sa future femme de trente ans, le troisième mari de ma grand-mère, le père du troisième mari, Bernard, Josiane et ma grand-mère.

Mon père dut subir un interrogatoire. On lui posa toutes sortes de questions sur sa situation, son origine sociale et ses études. Mon grand-père objecta qu'il était tout de même un peu âgé pour sa fille. Mais on comprit bien vite qu'il s'était mal renseigné à la préfecture, où on lui avait donné la date de naissance du frère aîné de la famille.

Dans la famille de ma mère, on considérait mon père comme une sorte de sauvage. En effet, il était né au Maroc. Mon grand-père, se considérant à tort comme un homme supérieur, méprisait mon père.

Ma mère elle-même, fière malgré tout d'appartenir à une certaine classe sociale, n'assumait pas totalement d'avoir épousé un rustre (mon père avait tendance à servir l'eau dans les verres à vin et le vin dans les verres pour l'eau).

Josiane, la femme de Bernard, s'attirait la même condescendance car elle était coiffeuse et que son père se tapait sur les cuisses en riant.

Ma mère nous disait que mon père était un parvenu et qu'il nous considérait comme ses plantes vertes (il aimait nous voir bien habillés, surtout pour les fêtes juives).

Mon père nous disait que ma mère nous bourrait le crâne, et quelquefois, qu'il avait la tête farcie.
Il nous disait qu'il faut toujours écouter les deux sons de cloche.

Quand il était au téléphone avec un bavard ou un emmerdeur, mon père se mettait l'écouteur sous le bras comme pour se doucher avec, et disait : « ah, oui... ah, voilà... » avec l'air de s'en moquer complètement.

Lorsqu'il s'énervait, il nous disait qu'il allait nous faire sauter la tête, ou bien qu'il nous donnerait une claque tellement forte que notre tête allait voler. Il nous disait qu'il allait nous faire sortir les yeux de la tête ou qu'il nous arracherait les yeux.

Ma mère utilisait un langage plus civilisé : garce, mauvaise gale, parasite.

Mon grand-père, qui était très bon cavalier, utilisait sa cravache pour corriger ma mère lorsqu'elle était enfant. Il réussit à la convaincre des avantages de cette méthode, qui paraît-il, laisse moins de traces qu'une fessée traditionnelle.

Ma mère était pour expliquer la sexualité aux enfants. Nous avions une sorte d'encyclopédie illustrée qui s'appelait *La Vie sexuelle*.

Je rêvais d'avoir les cheveux mi-longs avec une frange, mais ma mère m'emmenait chez le coiffeur pour me les faire couper très court.

Mon père nous faisait tout le temps craquer les cartilages des doigts.

En faisant mine de nous courir après, il disait : « alors là !... ». Ou bien : « et maintenant... » (sur l'air de *Et maintenant, que vais-je faire ?*).
Il nous chantait : « C'est la samba brésilienne, qui fait danser les Parisiennes » et « Les feuilles mortes se ramassent à la pelle » et « Ah ! Mabrouka, ah ! Mabrouka ».

Mon grand-père a toujours eu une certaine sympathie pour l'ordre et la discipline.
Il est insensible à l'humour dont on peut faire preuve en tirant la langue ou en se moquant de lui. Il ne faut surtout pas lui désobéir.

Dans ses toilettes, il y avait un poster plus long que haut où l'on voyait toute une série d'animaux faire la queue.

J'ai l'impression que certains noms revenaient souvent dans sa bouche, par exemple « Gambrinus », ou « Garibaldi ».

Il conservait les calendriers et les éventails offerts dans les restaurants chinois.

Sur le mur de sa salle à manger, il y avait deux timbales de sommelier accrochées par des rubans et une applique dorée en forme de double torche avec des ampoules flamme.

Mon grand-père a de longues mains et une manière particulière de les croiser. Il les arrondit en les posant l'une sur l'autre.

Ma mère trouvait que les oreilles percées et le vernis à paillettes faisaient fille de concierge.

Mon grand-père lui avait appris des chansons paillardes : ma tante Eulalie, les prunes de mon grand-père, etc.

Quand j'étais petite, mon père avait un ami agent immobilier qui s'appelait monsieur Mergui. Chaque fois que nous passions devant son agence, il fredonnait : « immobilière Mergui, a a a a… »

Du côté de ma mère, on donnait beaucoup de surnoms ; Titine, Patite boule, Rorette, Licoco, Sami, Manuelito.

Mon père surnommait ma mère Tinou.

Mon grand-père aimait bien les sabres. Il y en avait un chez lui, entre autres objets horribles. Il avait aussi un sablier coulé dans un bloc de résine, serti d'un caillou bleu et d'une espèce d'algue. Il y avait aussi un dessous de plat en verre teinté posé sur des pieds en métal, des petits chevaux en porcelaine et une grappe de raisin en marbre.

Je me souviens qu'il y avait dans sa bibliothèque *Le Troisième Reich* en deux volumes. On voyait une croix gammée sur la tranche.

Presque tout chez lui était vert foncé ou marron.

Il portait toujours un chapeau qu'il soulevait en disant bonjour.

Mon grand-père était fier de ses médailles et ne manqua pas de préciser qu'il avait la légion d'honneur sur le faire-part de mariage de mes parents. Il ne mit rien sur son niveau d'équitation.

Ma mère était d'une beauté extrême le jour de son mariage. Elle portait une robe simplissime avec un col montant et une traîne en tulle. On aurait dit une Japonaise. Elle avait un bouquet de jonquilles et un gros chignon.

Parmi ses robes, il y en avait une que je préférais. Elle était blanche en matière synthétique, avec un col chemise et une fine ceinture dont la boucle était recouverte de tissu. Il y avait des motifs en forme de sphères marron et beige (nous étions dans les années soixante-dix).

Le canapé du salon était orange, la banquette de la cuisine était en skaï orange, et le luminaire de boules en verre orange.

La table de la cuisine était en bois marron avec de gros autocollants de fleurs marron et blanches.

Ma mère disait : «Il y a des coups de pied au cul qui se perdent. »

Quand je lui demandais une explication qu'elle n'avait pas envie de me donner, elle répondait «pour te faire parler», ou «à cause des mouches».

Quand je lui demandais de me raconter une histoire, elle récitait : «Il était une fois une marchande de foie qui vendait du foie dans la ville de Foix. Elle se dit ma foi, c'est la première fois et la dernière fois que je vends du foie dans la ville de Foix. »

Mon père connaissait un conte, celui du petit poisson d'or. C'est un pêcheur très pauvre dont la femme est méchante et qui part pêcher vaillamment tous les matins. Un jour il tombe sur un poisson d'or qui le supplie de le laisser en vie, lui proposant en échange d'exaucer un de ses vœux. Il revient chez lui où sa femme l'insulte et l'exhorte à demander un baquet neuf. Après quoi, il se fait traiter de tous les noms, elle demande toujours plus de robes et de bijoux, un palais, etc., jusqu'au jour où elle exige qu'il ramène le poisson. Le pêcheur, qui malgré sa grande bonté est un peu faible de caractère, va trouver le poisson et lui expose son cas. Le poisson devient furieux et provoque une grande tempête. Quand il revient chez lui, le pêcheur trouve sa femme en guenilles dans leur vieille cabane pourrie, avec le vieux baquet d'avant.

Mon père nous pinçait la joue en tirant dessus et portait le bout de ses doigts à ses lèvres.

Le dimanche, on entendait les cloches de l'église Sainte-Odile, qui est l'une des plus laides du monde.

Plus tard, quand j'étais adolescente, j'allais patiner à la «main jaune» juste à côté de la maison. Mon père confondait et disait «le nain bleu». Il y avait aussi une piste au ski qui s'appelait «l'abricotine», mais mon père disait «la mandarinette».

Ma mère disait que c'était vulgaire pour une femme de fumer dans la rue.

Nous avions un voisin dont la femme répétait tout le temps «c'est ça, c'est ça ! ». On l'appelait madame «c'est ça c'est ça».

Il y en avait un autre que l'on entendait jouer toute la journée le même morceau au piano.

Un jour, un monsieur âgé qui habitait l'immeuble mourut. La concierge vint l'annoncer à ma mère en lui disant « monsieur Wogue père est mort ».
Ma mère sentit son cœur se soulever car elle crut entendre « monsieur votre père est mort ».

Ma mère était restée liée avec Jeanine, qui était la meilleure amie de ma grand-mère. C'était déjà une vieille dame. Jeanine apportait toujours des bonbons, des chocolats ou des Smarties dans un sac en plastique.

De même que « Mimiche et Serge », il y avait « Nanine et Jacques ».

Ma mère avait une spécialité comme dessert rafraîchissant pour l'été : une pastèque découpée en forme de panier, avec une anse, remplie d'une salade de fruits à la pastèque.

L'été, pour emporter sur la plage, mon père nous préparait toujours les mêmes sandwichs : dans de la baguette, de grosses tranches de tomate, des miettes de thon à l'huile, des rondelles d'oignon et du sel.

Mon père se relève quelquefois avant de dormir pour aller chercher un morceau de chocolat dans le placard et répète l'opération une fois ou deux en faisant claquer ses babouches.

Quand il reçoit un appel de l'étranger, il hurle dans le téléphone comme si la personne allait moins bien entendre à cause de la distance.
Il a des amis qui appellent quelquefois à la maison, et qui, au lieu de se présenter, disent : « Allô ? Qui est à l'appareil ? »

L'été, il pulvérisait de la bombe insecticide sur les frelons et disait : «Voilà! Mort au champ d'honneur.»

Il employa un jour l'expression «Qu'à cela ne tienne». Je pensais que cela s'écrivait «Casse la neutiènne».

Ma mère disait souvent «soi-disant» et j'entendais «soit dix ans».

Elle utilisait des phrases comme : je me suis cassé la nenette, j'ai couru au diable, je me suis cassé la binette.

Elle raconta qu'une fois, dans un élan de colère, mon père lui avait dit «tu vas suer le burnous». Je n'osai pas lui demander ce que ça voulait dire.

Ma mère faisait plein de fautes d'orthographe.
Un jour que j'avais eu dix-neuf en dictée, elle me fit remarquer que l'orthographe était la science des ânes.

Un dimanche soir, mon père nous ramena d'un weekend chez lui, pendant lequel nous étions allés à une fête de famille. Il dit : «Valérie était la plus jolie d'entre ses cousines.» Ma mère répondit : «Au pays des aveugles, les borgnes sont rois.»

Mon père nous racontait une histoire de poule qui voulait moudre du blé pour faire de la farine. Elle demandait de l'aide à un canard, puis à un dindon, qui tous deux n'étaient pas très serviables. La phrase était «Pas moi, dit le canard. Ni moi, dit le dindon.»

Le seul souvenir que j'ai de la deuxième femme de mon grand-père est un après-midi que nous avions passé ensemble avec ma mère. La veille, j'avais vu un spectacle de marionnettes dans lequel il y avait un personnage qui chantait : «Je suis le gardien du square, on ne me raconte pas d'histoires, je suis le gardien du square, on ne me prend pas pour une poire.» J'avais passé l'après-midi à leur briser les nerfs avec cette chanson. À la fin de la journée, elles n'en pouvaient plus.

J'ai retrouvé un télégramme que ma grand-mère avait envoyé pour mes deux ans. Elle mettait : « Heureux anniversaire. Mamie. »

Sur une photo de vacances ancienne, mon grand-père porte un slip de bain kangourou à la taille très haute.

Il y en a une autre où l'on voit un monsieur corpulent au regard très gentil assis devant des hortensias.

Mon père avait des babouches en cuir qui dégageaient une odeur de teinture immonde.

Rue de Courcelles, de chaque côté de la cheminée, il y avait des défenses d'éléphant sculptées posées sur des socles en bois. Il y avait aussi un objet décoratif en fils lumineux et transparents dont les terminaisons changeaient de couleur.

Pour les anniversaires, ma mère préparait des canapés avec du pâté de foie et des rondelles de cornichon, avec des rondelles de saucisson, et avec des œufs de lump rouges ou noirs et des petits morceaux de citron.

Elle versait toujours le jus d'orange dans une énorme carafe qu'il était impossible de soulever et à l'intérieur de laquelle il y avait un réservoir à glace.

Comme livres, j'avais *Poule rousse*, *Roule galette*, *La Vache orange*, et *La Boîte à soleil*.

Dans *La Boîte à soleil*, une fille essayait d'enfermer la lumière du soleil dans une boîte à cigares vide. Elle attendait le soir pour ouvrir la boîte, et trouvait un ver luisant qu'elle avait capturé par hasard.

*La Vache orange* était l'histoire d'une vache malade. On la voyait au lit avec un thermomètre dans la bouche.

Je voulais persuader ma mère de nous prendre la température comme ça, mais elle disait que c'était plus efficace dans le derrière.

Mon père s'affolait toujours au vu de la moindre égratignure. Il s'écriait : « Ouh la la la la. »

Au lieu de « il faut te tirer les vers du nez », il dit « il faut te violer ».

Mon père disait souvent que mon frère était très sensible.

Pour savoir quoi préparer à manger, il s'adressait à l'un d'entre nous en demandant : « Qu'est-ce que vous voulez ? »

Mon père nous dit toujours « assieds-toi ».
Il donne une petite tape sur le canapé pour nous inviter à nous mettre à côté de lui.

Quand on l'embrassait, il nous disait « mieux que ça ! »

Un jour, j'ai cassé un morceau d'un meuble du salon en me cognant. Ma mère m'a traitée d'éléphant dans un magasin de porcelaine.

Mon grand-père partait tous les ans en Italie, d'où il envoyait une carte postale adressée à notre chienne.

Il descendait toujours dans le même hôtel, où il avait ses habitudes. La station balnéaire s'appelait Bellaria.

La mer y est paraît-il infecte car les égouts se jettent dedans.

Quand il était enfant, mon grand-père faisait des blagues dans les hôtels. Il versait une poudre qui faisait mousser et verdir l'urine dans le fond des pots de chambre et tournait les grooms en bourrique.

Mon père aussi nous racontait qu'il adorait faire des farces. Dans la cave de leur maison, il y avait de grandes jarres en terre dans lesquelles étaient conservées l'huile, les épices et la viande. Un jour, une bonne descendue chercher des provisions prit une olive en passant. Il lui attrapa la main dans le noir et lui dit : « pose l'olive ». La fille se mit à hurler qu'elle avait vu le diable.

Mon père avait huit frères et sœurs : David, Jonathan, Robida, Elie, Marguerite, Dody, Renée et Albert.

En classe, dans le dos de l'instituteur, ils se lançaient une pastèque qui un jour explosa à terre.

Ils avaient un professeur complètement sourd. L'un des élèves levait la main et demandait : « Monsieur, je peux aller aux toilettes ? » Quelques secondes plus tard, un deuxième posait la question : « Monsieur, je peux aller baiser ta femme ? » Le prof disait : « Non ! Il y a déjà quelqu'un ! »

Quand elle était toute petite, ma mère dut chanter une chanson pour des vieilles tantes réunies à l'heure du thé. Elle entonna innocemment *Les Couilles de mon grand-père* devant un auditoire offusqué.

Ma mère disait souvent « merdum ».

Ou « vous me faites suer ».

Mon grand-père, qui était fier de parler allemand, disait « Scheisse ».

Ma mère trouvait que l'arabe était une langue horrible. Elle imitait mon père en se raclant la gorge.

Mon père imitait l'oncle de ma mère en faisant bouger sa mâchoire.

Un jour, pour plaisanter, j'ai traité mon père d'homosexuel. Il s'est fâché comme si je lui avais lancé la pire insulte qui soit.

Lorsqu'elle s'énervait, ma mère serrait les dents et disait « ça va tomber ! ».

Lorsqu'il arrivait à bout de sa patience, mon père disait « ma patience a des limites ».

Lorsqu'on l'avait vraiment déçu, il disait « ah la la, vraiment... c'est lamentable ».

Pour embêter ma mère, je suis rentrée un soir avec les oreilles percées.
Une autre fois, je suis revenue avec une coupe atroce. Elle m'a dit « c'est dommage, toi qui avais de si beaux cheveux ». Si elle me l'avait dit avant, je ne serais pas allée chez le coiffeur.

Quand nous allions acheter des vêtements avec mon père et que le vendeur demandait ce que nous voulions, il lui répondait « elle va vous dire ça » avant de se tourner vers moi pour me dire « allez, vas-y, explique ce que tu veux ».

Mon père a une façon de suggérer ses choix qui rend la contre-proposition pratiquement impossible.

Il aurait voulu que je porte plus de jupes, quelques bijoux et un peu de rouge à lèvres.

Mon père distingue deux catégories d'allures possibles : « habillé » ou « sport ».

Il a longtemps porté un manteau de fourrure en ragondin.

Pour ranger son portefeuille et ses papiers, il utilise un sac en cuir ou en simili rectangulaire porté dans le sens de la hauteur avec des poches extérieures et des rabats.

Lorsque l'on part en voyage, il nous suggère toujours d'acheter une sorte de ceinture multipoches pour ranger l'argent et les papiers.

Au restaurant, mon père désigne les serveuses en les appelant « la mignonne », surtout si elles ont un physique ingrat.

Il pointe les plats sur la carte, demandant si c'est bon avec un air incrédule.

Mon père se sert souvent le premier en disant « allez-y, servez-vous ».

Il aime bien aspirer la soupe brûlante en grimaçant.

Quand il est en froid avec son amie Huguette, il dit qu'elle lui fait la soupe à la grimace.

Dans sa famille non plus, on n'appelle pas les gens par leur nom : il y a Louiso, Jojo, Dédé, Gaby, etc. Lorsque deux personnes portent le même nom (par exemple Joseph), on précise si c'est le fils d'un tel ou d'un tel. Cela donne des phrases comme « Jojo de David ou Jojo de Jonathan ? »

Le père de mon père s'était remarié avec une dame qui s'appelle Rebecca et qui fait des petits chocolats fourrés aux cacahouètes écrasées.

Mes oncles et tantes nous appellent « mon fils » ou « ma fille ».

Une de mes tantes a peur des animaux. Un jour, un moineau est rentré dans sa maison, elle s'est mise à hurler au voleur.

Lorsqu'ils évoquent leur père, mes oncles et tantes l'appellent «mon père», comme si ça n'était pas le même pour les autres.

Ils disent aussi «mon père, mon pauvre père».

Pour nous rassurer lorsqu'il nous arrivait quelque chose, mon père nous disait «ça n'est pas grave» et ajoutait «rien n'est grave, sauf la mort».

Il faisait rire ses amis en racontant nos secrets et aimait voir que ça nous rendait furieux.

Lorsque j'avais treize ans, une de mes tantes m'a tripoté le sein devant tout le monde en s'écriant «hé ben! ça pousse!».

Lorsque mon père et ma mère se disputaient, mon père nous prenait à témoin par des phrases comme «... et je le dis devant les enfants!», qu'il hurlait.

Ma mère me disait que, de nous trois, ma sœur était celle qu'elle avait le plus désirée.

Elle répétait «en route, mauvaise troupe».

Mon grand-père n'a jamais voulu dire ce qu'il avait fait pendant la guerre. Il prétendait plus ou moins avoir résisté. Je pense que ma mère le soupçonnait d'avoir eu une attitude assez trouble.

Lorsqu'il s'énervait, mon grand-père se mettait réellement hors de lui. Il commençait par trembler légèrement, penchait la tête en arrière puis écarquillait les yeux à fond.

Pour Noël, il nous donnait un billet de 500 francs à diviser en trois, ce qui nous faisait 166,3333333 francs chacun.

Ma mère disait qu'il possédait des enregistrements de discours d'Hitler en 78 tours.

Pour mettre fin aux disputes, mon père disait souvent « l'incident est clos ». Je confondais incident et incendie. D'après moi, ça voulait dire que l'incendie était éteint.

Mon père ne savait jamais dans quelle classe nous étions, ni nos dates de naissance. Je faisais exprès de lui poser la question pour le piéger.

Lui-même ignore quand il est né parce qu'à l'époque, personne ne pensait à déclarer les enfants. Il paraît que l'état civil n'existait pas encore au Maroc. Tous durent choisir des dates arbitraires à leur arrivée en France. Ses sœurs en profitèrent pour se rajeunir, si bien que certaines aînées se retrouvèrent cadettes sur les papiers.

Mon père racontait assez fièrement une de ses meilleures blagues ; sa sœur Dody venait de perdre tous ses cheveux après avoir eu la typhoïde. Elle se couvrait la tête avec un foulard. Il arriva par-derrière avec une règle et souleva le foulard. Affolée, elle se mit à courir en se couvrant le crâne avec ses mains.

Il se moquait aussi de sa sœur Robida parce qu'elle avait un grand nez. Il fabriquait une marionnette avec un cintre recouvert par un drap et imitait le cri du dindon.

Ma mère trouvait que les sœurs de mon père avaient des jambes comme des poteaux.

Pendant les dîners de famille, mon père, mes oncles et mes tantes se racontaient des blagues dont le début était en français et la chute en arabe. Nous les regardions éclater de rire sans rien comprendre.

Ma mère avait une amie qui me rapportait tout le temps des vêtements de chez un soldeur qu'elle connaissait : des pulls mal coupés ou des petits hauts fantaisie. Je me souviens particulièrement d'un sweat-shirt molletonné qui me faisait des épaules en arc de cercle et qu'elle me reprochait de ne jamais mettre.

Ma mère m'avait offert une robe de chambre de mémé en matière synthétique matelassée rose.

Sous la pluie, elle voulait que je mette des immondes capuches pliables en plastique transparent.

Quand nous étions invités, mon père nous reprochait de ne pas être plus chics. Il trouvait qu'on aurait pu porter une chemise blanche et un blazer bleu marine.

À l'école, pas mal de gens portaient des pulls col V sur lesquels étaient écrits UCLA. Je me demandais d'où ça pouvait venir.

Je croyais que « mettre la main à la pâte » s'écrivait « mettre la main à la patte ».

Sur les pots de confiture, on pouvait lire « poids net ». Je prononçais « poidz né » dans ma tête sans comprendre.

Mes parents avaient acheté un petit terrain en Normandie qu'ils baptisèrent « le pré Valem » (pour Valérie et Emmanuel). Quand ma sœur Aurore est née, cela devint « le pré Valaurem ». Mon père essayait plusieurs combinaisons et faisait la grimace en disant « Valemaur ».

Mon père avait acheté une caravane américaine à laquelle il avait ajouté un abri de jardin. Il avait enterré les roues de la caravane et tout peint en blanc avec des colombages marron. Au fond de la pièce principale, il y avait un canapé clic-clac beige et jaune adossé au pare-brise arrière. Il y avait un vase à pied fait d'éclats de verre coloré sur le rebord de la fenêtre. Dans la cuisine, il y avait des placards en formica faux bois difficiles à ouvrir et une table à rallonges. Il y avait des banquettes en bois peint agrémentées d'autocollants de fleurs géométriques marron et blanches. La salle de bains était fermée par une porte en accordéon. Nous avions une baignoire sabot et un tuyau de douche en caoutchouc qu'il fallait fixer aux robinets. Dans notre chambre, il y avait des lits superposés en métal et un placard caché par un rideau. Le papier peint de la chambre représentait des arbres et des maisons très simplifiés. Les maisons étaient faites de carrés surmontés de triangles. Les arbres, de rectangles pour les troncs et de ronds pour les feuillages.

L'abri de jardin abritait les meubles de jardin, les outils et les toilettes.

Ma mère faisait pousser des salades et des tomates.

Le marchand de bestiaux qui leur avait vendu le terrain trayait ses vaches. Ma mère nous envoyait chercher du lait dans un pot en métal.

Nos voisins les Baumé nous offraient des tablettes de chocolat Codec fourré avec une crème de couleur.

Monsieur Baumé apportait à ma mère des branches de rhubarbe. Elle se laissait pincer les fesses et les seins.

Le fils des Baumé s'appelait Robert. Il eut un accident de voiture tandis qu'il roulait ivre mort. Un soir, pendant qu'il regardait la télévision, il fut abattu d'un coup de fusil dans la tête.

Nous devions passer un réveillon du jour de l'an avec notre père, mais mon frère et ma sœur n'avaient pas prévu de tenues habillées. Ils voulurent faire un aller-retour chez notre mère, qui était partie quelques jours. Mon père les accompagna et attendit dans la voiture. Ma mère était rentrée plus tôt que prévu et gisait morte dans son lit.

Elle avait fait tomber une assiette dans la cuisine. Mon frère et ma sœur ont allumé la lumière et vu les morceaux cassés. C'est comme cela qu'ils sont montés voir dans la chambre.

Ma tante m'expliqua qu'à cause du traitement qu'elle suivait, le sang de ma mère était devenu comme de l'eau.

Bernard, le frère de ma mère, fut chargé de faire graver le nom et les dates de sa sœur sur la pierre du caveau. Il laissa passer trois années, jusqu'à ce que mon père s'en occupe.

Mon père disait que d'entre nous, c'était mon frère le plus affecté.

Mon père pensait que, pour ne pas être triste, il valait mieux éviter d'en parler.

Dans sa famille, beaucoup de sujets étaient tabous. Les enfants se taisaient à table.

Il ne fallait pas prononcer certains mots où aborder les sujets délicats.

Mon père disait que, petit, il recevait des coups dès qu'il parlait de sexe.

Il trouvait très bien que nous puissions nous instruire en lisant *L'Encyclopédie de la vie sexuelle*.

Nous avions aussi un livre intitulé *Tout l'univers* dans lequel on voyait un dessin explicatif sur les caries. C'étaient d'affreuses bêtes vertes aux dents pointues et à l'air mauvais qui creusaient des trous dans la dent à coups de pioche.

Quand il se détend ou qu'il rentre dans un bain chaud, mon père dit «Allah!»

Dans son sommeil, il pousse des gémissements plaintifs et fait des clapotis pâteux avec sa bouche.

Mon père mange les yeux baissés et ne lève le regard qu'après avoir fini.

Quelquefois, j'essaye de le fixer très longtemps en espérant détourner son attention mais il ne sent même pas que je l'observe.

Pour désigner la nourriture, mon père dit «la bouffe».

Aller au supermarché avec lui était un bonheur. Il nous laissait remplir le caddie de 45 tours et tablettes de chocolat.

À la campagne, mon père préparait des barbecues. Il m'expliqua que c'était un mot américain et que, dans le temps, on faisait rôtir les chèvres en leur attachant la barbe à la queue, et que «barbe au cul» s'était déformé en barbecue.

L'origine du nom Mréjen serait celui d'un village espagnol, «Morgan» ou «Moregon», transformé par les autorités marocaines en un mot ressemblant à ce que signifie «corail» en arabe.

Lorsqu'on lui demande d'où vient son nom, mon père s'amuse à répondre que c'est scandinave. À une époque, il voulait en faire remplacer la première lettre par un B pour le rendre plus prononçable.

Un jour, on m'a demandé à l'école ce que faisait mon père. Je répondis «marchand de biens». La maîtresse comprit marchand de bière. Je corrigeai. Elle comprit marchand de vin.

La plupart de mes institutrices étaient des vieilles filles aigries. L'une d'elles s'amusa à me traiter publiquement d'obsédée parce que j'avais apporté mon *Encyclopédie de la vie sexuelle* en classe et que je fabriquais des soutiens-gorge en pliage.

Elle nous menaçait de fessée déculottée devant tout le monde et disait qu'elle allait nous scotcher la bouche.

Elle disait : « *Tu veux mes doigts ?* »

À Levallois-Perret, chez ma mère, j'avais fait une bande dessinée. Une femme donnait à manger à son chat et lui posait sa gamelle par terre. Mais le chat refusait de manger. La femme reprenait la gamelle, sortait des épices du placard et saupoudrait le ronron de sel, de poivre, etc. Elle goûtait le tout avant de le redonner au chat, qui finalement daignait manger. J'avais passé plusieurs heures à peaufiner le dessin. Enfin contente du résultat fini, j'allai le montrer à ma mère qui soupira : « c'est complètement idiot ».

Un jour, ma mère me demanda si j'avais une passion. J'étais pétrifiée. Je n'avais rien à répondre.

Une autre fois, elle me demanda si je m'aimais. Je ne savais pas quoi dire.

La cuisine chez ma mère était toute petite. Il y avait quatre tabourets empilables et une table à rallonges en mélaminé.

Les murs étaient recouverts de carrelage en grès rustique.

Ma sœur avait un jeu qui s'appelait les Bidibules. C'étaient des personnages en plastique ovoïdes qui évoluaient dans une sorte de village enchanté. Avec mon frère, nous trouvions ce jeu complètement débile. Ma mère nous sermonna, craignant qu'influencée par de tels propos, notre sœur ne cesse de jouer aux Bidibules et que cela tue sa créativité.

Après avoir quitté mon père, ma mère s'éprit d'un homme en instance de divorce. C'était le fils d'un fabricant de poupées. Elle m'avait confié l'aimer à tel point qu'elle avait peur. Il la mit enceinte avant de retrouver le foyer conjugal. Ma mère, qui avait appréhendé la quatrième césarienne, ne subit finalement qu'une IVG.

Plus tard, elle tomba amoureuse d'un autre homme qui n'était pas tout à fait séparé de sa femme.

Jeune fille, ma mère recevait un peu d'argent de poche de mon grand-père. Il paraît qu'elle s'en servait pour lui faire des cadeaux.

Mon grand-père n'avait rien dans ses placards de cuisine. Elle le pourvut en verres, en couverts et en assiettes.

Mon grand-père n'attache aucune importance aux objets qu'il a dans son appartement. Je ne peux pas croire qu'il les ait choisis lui-même. On dirait plutôt des cadeaux d'entreprise ou des appareils offerts pour les abonnements aux magazines. Ses assiettes de cantine en verre jaune sont sans doute celles que ma mère lui offrit quand elle avait seize ans.

Mon père a le même travers. Il prend ce qu'il y a. Ses placards sont encombrés de tasses Arcopal offertes par Esso et les meubles de sa maison de campagne proviennent d'un viager dont il hérita bien tard.

Lorsqu'un appareil électrique ne marche plus, il le garde en disant «ça ne marche plus».

Mon père ne lit jamais les notices des appareils qu'il achète. Il nous demande de le faire pour lui et de lui expliquer.

Pour le mariage de mon frère, mon père envoya un faire-part à la tante Ligou. Elle le lut distraitement et s'excusa de ne pouvoir venir à la bar-mitsva.

Peu après la mort de ma mère, la sœur de mon grand-père maria un de ses fils. Elle ne nous connaissait pas très bien. N'ayant plus besoin d'inviter sa nièce, elle vit là l'occasion d'économiser trois couverts et de rompre le contact avec nous.

On n'entendit plus parler de notre oncle Bernard ni de sa femme à partir du jour de l'enterrement.

Par acquit de conscience, mon père téléphone de temps en temps à mon grand-père pour prendre de ses nouvelles. Mon grand-père lui demande comment va la chienne.

Mon père nous dit souvent qu'on ne peut compter que sur la famille car les amis se carapatent dès qu'il faut rendre service.

Le jour où elle comprit que son troisième mari commençait à détailler sa fille, ma grand-mère dit : « Il faut la marier, cette petite. »

Ma mère avait vingt ans. Un an plus tard, elle se mariait.

Au début, mes parents habitaient un petit appartement à Boulogne. Ils déménagèrent rue des Acacias.
Mon père pensait que son rôle était de rapporter de l'argent et celui de notre mère de nous éduquer. L'amour qu'il nous portait passait par des cadeaux.

Pour obtenir quelque chose, il fallait être gentils et l'embrasser.

Il arrive que mon père exige de l'affection par les menaces.

Lorsqu'il nous invite au restaurant, on lui dit merci papa en lui mettant les bras autour du cou.

Mon père prend toujours exemple sur les publicités pour nous proposer une image de la famille heureuse où les gens communiquent, rient et plaisantent en rentrant à la maison. Il voudrait qu'on lui demande ce qu'il a fait aujourd'hui, qu'on prépare un petit dîner, une jolie table et que chacun se serve en riant.

Il dit : « Dans les familles normales, les gens parlent entre eux, on se raconte ce qu'on a fait dans la journée. J'aimerais que, spontanément, tu dises "allez, tiens ! Je vais préparer une petite salade". »

Mon père exhorte ma sœur à communiquer avec mon frère et moi, mon frère à communiquer avec ma sœur et moi, et moi, à communiquer avec ma sœur et mon frère.

Il essaye de faire ce qu'il peut pour nous rapprocher.

Mon père n'écoute nos histoires que d'une oreille. Il veut juste créer de l'animation et donner un semblant de présence. Lorsqu'on lui raconte quelque chose, il est capable de nous questionner dessus dix fois sans se souvenir qu'on lui en a déjà parlé.

Quand il voulait un baiser, mon père tapotait sa joue du doigt.

Il mettait fin à nos bagarres en nous séparant de force et ajoutait « embrassez-vous ».

Ma mère nous disait d'arrêter de nous battre comme des chiffonniers.

Elle chantait quelquefois « ah, c'qu'on s'emmerde ici » ou « soldat, lève-toi, soldat, lève-toi, soldat, lève-toi bien vite ».

Elle disait que nous finirions balayeurs des rues à mal travailler.

Ma mère disait que mon grand-père séduisait les femmes par sa galanterie et ses bonnes manières.

Lorsque nous déjeunions chez lui, il parlait surtout avec ma mère et Lolotte.
On devait se taire et manger proprement.

Il rangeait ses médailles dans une petite boîte.

Il avait un chausse-pied en plastique vert et blanc muni d'un long manche en bambou.

La porte de son placard fermait mal. Elle était recouverte d'un grand miroir.

Il habitait au septième étage d'un immeuble sinistre à Saint-Ouen.

Il y avait une porte en verre granuleux, un interphone, puis une deuxième porte en verre fumé.

Mon grand-père s'appelle Claude Blum.

Il travaillait rue Jean Goujon.

Presque tout dans son bureau était vert, marron ou noir.
Au-dessus de lui, il y avait un portrait de ma mère enfant en train de tenir un chien dans les bras. Le dessin n'était pas du tout fidèle.

Avant d'ouvrir une agence immobilière avec une vitrine sur la rue, mon père avait son bureau rue de la Victoire.

Il partageait l'étage avec une prostituée. La femme d'un des clients de la prostituée vint recouvrir la cage d'escalier d'inscriptions au marqueur. On y lisait : « la pute, c'est au deuxième », « pour la pute, c'est ici », avec des flèches pour indiquer le parcours.

Dans son bureau, mon père avait accroché son diplôme de l'ordre de la courtoisie.

Il y avait un pot cylindrique rempli de bics sans capuchons, de surligneurs et de feutres secs, un gros cendrier en granit, une boîte en bois contenant des cartes de visite et des trombones, un cube en plexi avec des photos de nous et un bloc de feuilles carrées pour prendre des notes.

Mon père avait une secrétaire blonde qui s'appelait Béatrice.
Je confondais avec Patricia.
Très petite, pendant que ma mère avait le dos tourné, je mis mes pouces dans une prise de courant. L'électrocution leur donna à chacun une forme différente.

Je ne comprenais pas pourquoi on disait « changer d'avis comme deux chemises ».

Ma mère tenait un cahier sur chacun de nous, avec des dates, des photos et une enveloppe contenant des mèches de cheveux.
Elle rédigeait à la première personne.

Écrit de sa main, on lit : « Ma première dent de lait est tombée le 27 septembre 1974 en mangeant de maïs, et j'ai avalé ma dent mais la petite souris ne m'a pas oubliée et m'a apporté un paquet de sucres d'orge sous mon oreiller » et plus bas : « Maman me donnait une banane écrasée et la cuillère a heurté ma dent. »

En colonie de vacances, j'avais connu une fille à qui ses parents remettaient des cartes postales écrites par eux avant le départ. Ils griffonnaient un message au dos comme quoi tout allait bien, avec leurs nom et adresse. Elle n'avait plus qu'à les envoyer. C'était déjà timbré.

Elle m'avait offert une de ses cartes décorées de paillettes, sur laquelle était reproduit le dessin d'un chalet. Elle était adressée à de certains M. et Mme Lespinasse qui habitaient Hérisson.

De retour d'Angleterre, j'avais rapporté des cadeaux à mes parents. À ma mère, un cygne en porcelaine garni d'un coussin de velours rouge pour planter les aiguilles, et à mon père un éléphant peint en marron.

Ils reçurent aussi une chope de bière avec le dessin d'un vieux fumant la pipe, un baromètre en forme de chalet suisse et une statuette pailletée qui passait du rose au bleu.

Mon père employait souvent le mot « bibelot ».

Il a toujours son éléphant marron ainsi que tous les autres objets rapportés de voyage.

Ma mère avait un gros collier en plastique noir, gris et blanc qu'elle portait par-dessus un col roulé brillant.

Elle ne se souvenait jamais si le mot marron avait un r ou deux.
Elle disait souvent « chnoque » ou « du chnoque ».

Je connaissais une mère et sa fille qui avaient le même rire. J'en fis la remarque auprès de la mère qui me répondit : « Ha ha, oui, tu sais, nous on rit beaucoup à la maison. »

Un jour, ma mère et moi avons bêché le jardin en récitant de tête les chansons du disque *Babar et ce coquin d'Arthur*.

Ma mère se souvenait de toutes les poésies qu'elle avait apprises en cours.

Lorsqu'on n'arrivait pas à s'exprimer par écrit, elle nous citait une phrase de Boileau : «Ce qui se conçoit bien s'énonce clairement et les mots pour le dire vous viennent aisément.»

Elle aimait bien faire semblant de se battre à l'épée.

Il y a un film super-huit où ma tante se bat avec mon grand-père. Ils miment un match d'escrime avec des bâtons ou des manches à balai.

Il y en a un autre où mes parents sont en voyage au Maroc. Ma mère porte un cache-cœur jaune en éponge et un fichu mauve. Elle grimpe sur un chameau qui se met debout.

Mon père avait une mercedes bleu marine.

Il se souvenait très bien de sa première voiture. C'était une mg sport.

Pendant qu'il conduisait, ma mère appuyait son bras sur le coin du fauteuil. De derrière, on aurait dit qu'elle le tenait par l'épaule.

Elle relevait ses lunettes de soleil en arrière.

Un jour, en traversant la rue de la Chaussée d'Antin, mon père m'a dit qu'il était riche de cœur.

Il allait presque tous les jours déjeuner dans un restaurant chinois au plafond dallé. Chaque dalle représentait un dragon sur fond or. Mon père commandait toujours un potage en entrée puis des crevettes aigres-douces.

Depuis qu'il a emménagé boulevard des Batignolles, il va dans un chinois aux murs tendus de moquette rose. Il y a des voilages et des statuettes de Bouddha en vitrine.

Mon père essaye toujours de nous faire cadeau de meubles entreposés dans sa maison de campagne. Au lieu de jeter ses vieux fauteuils en mousse et ses placards rustiques, il nous les propose chaque fois que l'un d'entre nous s'installe.

Sa cave déborde de livres de classe, de combinaisons de ski trop petites et de Moon Boots écrasées.

Pour un anniversaire, je lui avais offert un rasoir et un blaireau jaune canari présentés dans un coffret. Il rit de bon cœur en ouvrant la boîte. Sans doute utilisait-il des jetables avec de la mousse en bombe ou un rasoir électrique. Je ne comprenais pas en quoi c'était drôle. Il ne s'en est jamais servi.

Pour Noël, nous donnions des cadeaux aux institutrices. Mes parents avaient acheté à la mienne une salière et une poivrière. Elle grogna qu'elle en avait déjà en déchirant le papier.

À l'occasion d'un repas chez mon père, j'avais préparé un crumble aux pommes. Il prit un air dégoûté comme devant de la bouillie pour chiens.

Le dimanche, rue de Courcelles, mon père écoutait du classique en fumant une cigarette. À travers les voilages, on voyait la rue déserte, les marronniers. Quelquefois, on allait chercher un gâteau avenue Niel.

J'avais deux barrettes en forme d'éléphant.

Mon père déménagea juste en face du bois de Boulogne. On voyait des branches par la fenêtre.

Nous entendions les voisins se hurler dessus. La femme accablait son mari de reproches avant de se faire insulter à son tour comme une merde.

L'amie de mon père avait peur du chat. Dès qu'elle le voyait s'approcher de sa chaise, elle repliait ses jambes vers elle et se mettait à geindre.

Ses cadeaux pour nous étaient toujours des vêtements.

Elle s'habillait dans un style classique : en tailleur beige, crème, marine ou gris.

Pour proposer de nous avancer quelque part en auto, elle disait qu'elle voulait bien nous jeter sur le chemin.

Elle ne disait jamais « s'il vous plaît » à ses employées de maison. C'était « Samueline, vous apportez le café », ou « Samueline, vous débarrassez. »

Pour certaines occasions, il y avait des paniers de fleurs séchées entre les assiettes.

Elle avait un frère trisomique qui se nommait Guitou.

Le mari de sa sœur s'appelait Tougui.

Elle avait instauré une coutume consistant à manger des spaghettis bolognaise le dimanche soir. Nous allions chez elle ou c'était elle qui venait.

Il ne fallait surtout pas lui passer la salière de la main à la main, mais la poser sur la table et attendre qu'elle l'attrape. Sans quoi le malheur s'abattait sur la famille.

Sitôt qu'il s'agissait d'accidents dramatiques, elle s'écriait : « Que Dieu préserve ! »

Elle utilisait plutôt « fard » que « maquillage ». Par exemple : « Tu t'es fardée, une femme très fardée, on dirait qu'elle est fardée », etc.

Mon père est mal à l'aise avec l'homosexualité. Il arrive qu'il révèle à mi-voix au sujet de quelqu'un : « Il paraît que c'est un pédé… », ou : « C'est une gouine je crois. »

Près de chez son amie, dans le seizième, c'était un repère de prostitués. Lorsqu'on longeait l'avenue le soir, il demandait hors de lui : « Tu peux me dire ce qu'ils attendent ? »

Il m'engueulait presque.

Il ne prononce jamais le mot « lesbienne » au sujet de la sœur de ma mère. Il dit plutôt qu'elle n'est pas très équilibrée, ou qu'elle est mal dans sa peau.

Mon père attend d'être enfin tranquille le jour où nous serons sur les rails.

Il dit : quelle joie ce sera pour moi de venir vous rendre visite quand vous serez mariés.

Lorsqu'il a vu que mon frère voulait épouser une jeune femme plutôt forte et au physique ingrat, il lui a montré la photo d'une cousine éloignée du même âge, plus mignonne, en lui conseillant de réfléchir encore un peu.

Mon père aime savoir avec qui l'on sort, pour s'assurer que nos amis ne sont pas des marginaux.

Il invita l'une de mes amies au restaurant pour lui demander si je n'étais pas droguée.

Lorsqu'il a des difficultés avec ma sœur, mon père me demande d'aller lui parler afin de voir ce qui ne va pas.

Il me dit : tu es sa sœur, elle t'admire beaucoup, peut-être qu'elle t'écoutera. Moi, malheureusement, quand je dis quelque chose c'est comme si je parlais dans le vide.

Lorsque j'étais adolescente, il refusait que je fasse venir mes petits amis chez lui avant d'être sûre d'avoir trouvé le bon. Il me disait : le jour où tu me diras que c'est sérieux, que vous avez des projets ensemble, tu me le présenteras, mais avant je ne veux pas qu'il mette les pieds ici parce que alors, après, aujourd'hui c'est Pierre, demain ça sera Paul, ou Jacques, et c'est un mauvais exemple pour ta sœur.

Si elle te voit une fois avec celui-là une autre fois avec celui-là, ça va la perturber.

Lorsque j'avais un chagrin d'amour, il insistait pour que je me confie à lui puis expédiait le problème par « un de perdu cent de retrouvés ».

Mon père aimait bien dire « parle à mon cul, ma tête est malade ».

Quand j'étais petite, il chantonnait une comptine que j'aimais beaucoup, la romance du muguet :

« Voulez-vous que je vous chante la romance, la romance
Voulez-vous que je vous chante la romance du muguet
Elle commence par un long silence, la romance, la romance
Elle commence par un long silence, la romance du muguet
Elle finit comme elle commence, la romance, la romance
Elle finit comme elle commence, la romance du muguet. »

Il nous chantait aussi *Les Feuilles mortes* pour nous endormir.

Un jour, je me surpris à sangloter au rayon produits laitiers du Franprix où ils passaient *La Mamma* en fond sonore.

Lorsqu'on partait à la campagne, nous dépassions une sortie d'autoroute indiquant Ury. Mon père nous demandait systématiquement si nous voulions sortir à Ury.

Nous avions une chienne qui s'appelait Hortense.

Une fois, au salon, je me mis à penser qu'elle allait mourir. J'avais une boule dans la gorge. Elle glapit et me lécha la main.

Ma mère fredonnait : « J'ai mal occu, j'ai mal occupé ma jeunesse, j'ai trop été, j'ai trop été dans les salons. »

J'avais supplié mon père de mettre un autocollant de Pif gadget sur le pare-brise arrière de sa voiture.

Il s'était acheté une énorme Buick avec des fauteuils en cuir blanc.

Mon père me vantait toujours la beauté de sa mère alors que sur la photo on voyait une dame obèse avec un fichu sur la tête.

D'après ma mère, les femmes de cette génération passaient leur temps à discuter en mangeant des cigares au miel.

Ma mère n'aimait que le chocolat amer.

Quand il m'invite à venir manger chez lui, mon père me récite le menu pour tenter de me convaincre.

À un moment, il achetait une quantité énorme de yaourts. Chaque fois que je lui rendais visite, il me proposait d'en emporter quelques-uns.
Je rentrais en métro chargée d'un sac plastique rempli.

Pour nous inciter à manger, mon père dit : « Allez, pour me faire plaisir. »

Il insiste toujours pour resservir les convives. Après avoir rempli leur assiette sans les prévenir, il les accuse de se gêner pensant les mettre à l'aise.

Mon père aime bien boire du coca à table.

Au restaurant, il commande des demis de bière.

Quand ma sœur était adolescente, mon père cherchait à savoir si elle était « formée ».
Il me posait la question régulièrement.

Une fois, ma sœur lui a dit qu'elle avait un petit ami. Mon père lui demanda son nom pour savoir s'il était juif.

Mon père ne comprend pas qu'on ne lui raconte rien et trouve notre attitude anormale.

Lorsqu'il est mécontent, il nous fait la bise dans le vide en nous touchant à peine.

Après s'être emporté, mon père regrette de nous avoir traité de saloperies. Sa pensée était restée à la traîne derrière ses paroles.

Il rendait ma mère furieuse à lui raccrocher au nez.

L'une de ses insultes les plus fortes était « grossier personnage ».
Mon père répondait « dans ta bouche ouverte » sitôt qu'on disait merde.

Il m'appelait Mouka, ce qui signifie la chouette en arabe. J'ignore pourquoi il me trouvait des ressemblances avec une chouette. Quelquefois, il précisait « la chouette des tuyaux ».

Un jour, mon frère voulut faire un gâteau soi-disant de son invention : il prépara deux flans alsa dans des plats en inox et entreprit de les empiler. Les masses molles et gélatineuses se vautrèrent, dégoulinant l'une sur l'autre au démoulage. Mon frère piqua une crise de nerfs et partit claquer la porte de sa chambre, ce qui fit rire mon père aux éclats.

Il y avait une odeur particulière à la terre humide ou aux sous-bois que j'identifiais comme l'odeur de la chenille écrasée. Dès qu'il m'arrivait de la reconnaître, je remarquais « ça sent la chenille écrasée ».

Si l'un de nous était seul à table avec lui, mon père s'adressait à la chienne assise à ses pieds. Il se tuait à lui demander « alors ? ».

Mon père trouve qu'on ne se voit pas assez.
Lorsqu'on passe un moment avec lui, il nous dit qu'on devrait essayer de se voir un peu.

Il nous entretient durablement de nos problèmes de communication.

Ma mère disait qu'elle se saignait aux quatre veines et qu'on l'userait jusqu'à la corde.

Je pris sa dernière photo le soir de Noël. Elle s'était fait couper les cheveux et portait un chemisier en mousseline rouge rayée de fils d'or avec un col à volants.

# L'Agrume

NOUS étions assis sur un banc près des Halles, sous une espèce de pergola en bois. Il faisait bon. Il m'a dit je ne t'aime pas.

La veille, il était arrivé une heure en retard au rendez-vous. J'étais devant la station d'essence de la porte d'Orléans à guetter les 4 L en espérant qu'il vienne. Il a fini par apparaître. J'avais envie de faire la tête mais la gaieté de le voir annulait tout. Ce n'était pas le moment de faire une remarque : déjà qu'il ne m'aimait pas beaucoup. J'ai juste relevé son manque de ponctualité sur le ton de la plaisanterie.

Une autre fois, j'ai rencontré un type au cours d'un festival de documentaires ardéchois. Il était avec son amie.

Il était venu s'asseoir près de moi le dernier soir, dans la salle 3. Il y avait le nom d'un de mes cousins dans les crédits techniques (J.-J. Mréjen). Je lui avais montré le programme fièrement.

Une fois rentrée de vacances, j'eus un appel d'une autre Valérie Mréjen qui habitait dans le XIIe : elle venait de recevoir un courrier de lui. Il avait cherché mon adresse dans l'annuaire mais j'habitais dans les Hauts-de-Seine. La Valérie Mréjen qui avait reçu la lettre me demanda si je connaissais ce B.R., car elle avait un ami du même nom. Je dis que oui. Elle m'expédia le tout dans une plus grande enveloppe.

C'était une feuille de papier calque avec un morceau de film agrafé d'un côté et du scotch.

J'ai répondu et marqué mon adresse en ajoutant deux croix. Une croix signifiait un baiser. Comme il ne comprenait rien, il les a observées à la loupe. Il s'appelait Bruno.

Il était petit, brun, les yeux bleus très myopes. Il portait des lunettes. Son premier réflexe du matin était de les chercher pour les passer au Paic citron.

Il attrapait délicatement les branches et les posait sur ses oreilles.

La première fois qu'il est venu chez moi, c'était en revenant de Tours. Il m'avait pris une boîte de macarons chez un pâtissier tourangeau.

Nous sommes restés debout à nous embrasser au milieu du studio. Il était arrivé chez moi, avait réussi à trouver ma rue et apporté ces délicieux gâteaux. Bientôt, il m'a dit qu'il devait remettre un document à son frère aux environs de Jouy-en-Josas. Il est parti en promettant de revenir. Pendant ce temps, j'ai tournoyé en rond et admiré les macarons. Au bout d'un moment, je me suis mise à la fenêtre pour guetter sa voiture.

Il est revenu au bout d'une heure. J'ai pensé ouf.

Une autre fois, je l'ai revu dans un café de Montmartre. Il portait une chemise gris sombre à minuscules taches blanches pareilles à des flocons de neige cathodique.

La veille d'un jour passé, il m'avait dit qu'il m'appellerait. J'ai attendu. Je n'osais pas sortir. J'avais peur qu'il raccroche en trouvant le répondeur. Je suis restée chez moi, j'ai patienté non loin du téléphone en pleurant d'impatience. Il s'est mis à faire nuit. Je n'avais fait qu'attendre et espérer toute la journée. Peut-être était-il arrivé quelque chose ? Je me disais cela pour ne pas l'accuser. Je l'ai appelé vers neuf heures dix. Puis vers neuf heures et quart. Tout à coup, il venait de rentrer. Il m'a dit : on est allés voir une exposition au Jeu de Paume. Il parlait gentiment mais avec une voix ferme. Il m'a promis de rappeler plus tard.

Avant ça, j'étais tombée sur elle au téléphone. Je ne me posais pas trop de questions. J'avais surtout demandé à parler à Bruno.

Un soir, son répondeur était cassé : il diffusait en boucle une mélodie d'attente et l'on n'entendait plus le bip sonore. Il y avait des problèmes sans arrêt avec sa messagerie de puta di merda. J'ai essayé de reconnaître l'air et suis allée m'acheter un disque en cherchant la pochette qui semblait correspondre. Malheureusement, ce n'était pas ça du tout.

Un mercredi matin, nous nous sommes levés tard. J'aurais bien voulu passer la journée avec lui mais il avait un déjeuner d'anciens élèves. Je ne pouvais jamais savoir à l'avance.

Il aimait le lait frais en bouteille. Le lait longue conservation était infect à ses yeux.
Je ne sais plus ce qu'il mangeait le matin. Du pain de mie avec de la confiture et du beurre. Il prenait du beurre Président en barquette de plastique. Il buvait du thé. Lorsque j'habitais au premier, j'allais acheter des croissants.

Il faisait un cérémonial de tout. Ouvrir le sac en papier des croissants, nettoyer ses verres correcteurs, verser du thé. Il aimait surtout défaire les emballages avec mille précautions. Il attrapait le papier de soie du bout des doigts et effectuait un mouvement du milieu vers les bords. Il aurait pu manipuler du gros carton comme si c'était un coquelicot pour la beauté du geste.

D'ailleurs, la première fois que je l'ai revu, il m'avait parlé d'une vidéo dans laquelle Paul-Armand Gette tripotait un nénuphar en plastique. Il m'avait mimé le mouvement répétitif des doigts dans le salon de thé de la rue Racine. Nous dégustions du strudel. Son histoire m'avait fait rougir. Ça m'avait complètement séduite.

Il m'avait raconté avec fascination la rencontre entre un garçon et une fille de son ancien lycée. C'étaient des gens assez morbides. La fille faisait de la peinture au sang de bœuf récupéré par seaux entiers et dessinait avec les mains, vite vite avant que ça coagule. Le garçon réalisait des films : il étranglait des chats en super-huit. Bruno me disait qu'ils s'étaient trouvés en se donnant des petits coups de cutter aux avant-bras, assis sur un banc de la cour.

Il m'avait expliqué que ce couple avait inventé un système original pour développer les films super-huit dans un tuyau d'arrosage.

Il accompagnait ses descriptions de mouvements des mains pour figurer l'effilement du tuyau d'arrosage, l'ouverture d'un couvercle ou d'une barquette de BigMac. Pour les sensations gustatives, il plissait légèrement les yeux et frottait doucement le bout de ses doigts comme s'il venait de manger un feuilleté et voulait se débarrasser des miettes. Un jour, il avait eu une révélation en buvant du jus de truffe. Il me parlait des gâteaux de sa grand-mère, des cookies achetés aux Halles et des biscuits de la mère Poulard.

Une fois, j'ai rêvé que nous prenions un train en compagnie de son amie. Elle lui montrait des variétés de gâteaux pour attirer son attention. Bruno marchait, complètement ébahi par ces trouvailles. Il poussait des petits cris « ooh, ooh » en hochant la tête.

Il s'achetait des tranches de foie. Une fois rentré chez lui, il sortait le paquet du sac, écartait l'emballage et observait le beige luisant.

Un jour, ils étaient tous allés, Bruno et ses amis, déguster des brownies chez un glacier américain. L'une des filles découvrit un cheveu dans sa part. Bruno lui conseilla de tout manger autour afin de ne laisser que le morceau avec le poil : ça permettrait d'en avoir un gratis. Elle entama les bords en évitant la zone critique, sculpta le bloc à la cuillère et se plaignit seulement à la dernière bouchée. On leur offrit un deuxième bout et des excuses.

Il se surnommait l'Agrume et dessinait son effigie sous forme d'un citron. Il avait créé l'icône dans son ordinateur.

Un dimanche, j'entrepris de fabriquer le volume d'une machine à sous en carton pour lui envoyer. Je voulais lui signifier que j'avais gagné le gros lot en faisant sa rencontre. J'ai assemblé les bords et le dos avec du scotch, colorié l'objet au feutre et placé des pièces en chocolat dans le tiroir à glissière. J'avais figuré trois oranges au tirage.

J'ai expédié le tout dans un colis postal avec du rembourrage en mousse. Une autre fois, je lui ai adressé un camembert « Vallée » (pour Valérie) acheté chez un excellent fromager. Il m'a rapporté que le fromage sentait très fort en arrivant, alors que je l'avais choisi à peine fait. Mais il paraît qu'il était excellent. J'adorais lui acheter des bons produits. Je prenais du lait frais demi-écrémé qui tournait toujours avant que je l'aie vu.

Il possédait un Leica. Au cours d'un rendez-vous, il prit quelques photos, dont celle de deux sacs en plastique légèrement transparents. Il s'émouvait de la beauté des choses avec un réel enthousiasme. De la crème de lait à la surface d'une tasse, d'un bouchon de lavabo durci et craquelé, d'une tasse de moisi sur un fruit, il disait c'est beau en les pointant du doigt. Un jour que nous étions chez la sœur d'un ami, il aperçut une soupape de cocotte près des plaques de cuisson. Il la prit entre le pouce et l'index et loua ses qualités plastiques, sans mesurer la surprise de notre hôte. Il fit encore une ou deux remarques, étonné de ne pas rencontrer chez nous plus d'écho.

Il m'avait donné rendez-vous à treize heures dans un restaurant japonais. J'avais passé une robe achetée la semaine avant, une robe de créateur connu. Les passants me remarquaient. Je l'attendis près d'une heure, essayant de toutes mes forces de prendre un air distrait. Je m'obligeais à rêvasser pour avoir l'air surpris lorsque je le verrais venir. Il avait eu un problème de métro. Dans le restaurant, il admira les petites tasses striées de bleu qu'on nous avait servies pour boire le thé. Il les prit dans ses mains avec beaucoup de respect, et me confia que leur seule vue devrait suffire pour être heureux. Qu'il était impensable de ne pas atteindre le bonheur au contact de ces bols.

Il apprenait le japonais à l'école. Il me faisait des petits dessins de caractères ; l'homme dans la maison, la femme avec l'enfant, le temple, etc.

Il possédait un livre de photos de Sophie Ristelhueber ; des vues d'avion, de champs de bataille et des empreintes de tanks au milieu du désert. Il répétait c'est beau en détaillant les pages. De même qu'il trouvait belles les grandes images de Serrano prises à la morgue, les peaux brûlées, les plaies ouvertes, les chairs de cire, les pieds d'un nourrisson enrubannés, une étiquette accrochée à l'orteil. Ce qui lui plaisait, c'était la matière.

Je ne pouvais pas voir ces images. À Rome, elles étaient présentées dans une galerie. J'essayais de formuler mon dégoût mais il était si sûr de lui qu'on ne pouvait pas parler du tout. Ses arguments étaient de marbre. Il citait toujours un exemple ou une phrase pour me désarçonner et me remettre à ma place. Un jour, j'ai éclaté en pleurs tellement il m'était difficile d'exprimer quoi que ce soit. Il m'a prise dans ses bras d'un air de dire pauvre fille. J'étais tout de même contente qu'il me prête son épaule : c'était toujours ça de pris. Bruno me serrait dans la rue! Un inconnu quelconque aurait pu voir ce geste. N'importe qui! Ça signifiait qu'il acceptait de montrer au monde comme nous étions intimes.

C'était en allant dîner chez des gens dont j'ai oublié le nom. J'avais eu leur numéro de téléphone par Françoise, l'ancienne amie d'un ami. Nous avions bu un café toutes les deux en terrasse, elle connaissait des gens là-bas. À Rome, je m'étais crue obligée de les appeler. Ils nous avaient conviés en tant qu'amis de leur amie. Bruno était seul à parler avec eux car il avait appris l'italien au lycée. J'essayais de suivre en écoutant. La jeune femme avait préparé des entrées à base de veau et de jambon cru. J'étais gênée d'être venue là, ils avaient préparé un excellent dîner. Nous n'avions rien de spécial à dire, à part parler de Rome.

Il avait loué une villa via Balilla, dans le quartier des travestis. Des perruques flottaient aux séchoirs. On voyait aussi des bustiers. C'était un problème pour la douche parce que les réservoirs étaient alimentés à l'eau de pluie. Un filet d'eau sortait de la pomme, il fallait se débrouiller avec. Un matin, il m'a rejointe tard, je lui ai demandé «ça va?». Il m'a répondu «non, ça ne va pas». C'était à cause de l'eau : il n'y avait plus une goutte.

Le soir de mon arrivée, nous étions sortis manger dehors. Le serveur avait glissé tout haut un compliment sur moi. Je me disais : comme il doit être fier d'être avec une fille que les autres trouvent bien.

Quelquefois, nous allions acheter des glaces. L'idée venait de lui parce que je n'osais pas, mais quand il proposait, ça me paraissait toujours être le moment. Nous prenions une ou deux boules dans un gobelet.

Une fois, j'avais demandé praliné. Il trouvait ce parfum dégoûtant. Je regrettai mon choix. J'aurais voulu qu'il apprécie, qu'il pioche dedans avec sa cuillère plate, qu'il finisse tout en me congratulant tellement il adorait.

Un soir, nous devions emprunter le tramway pour rejoindre la maison. Il était tard. Le chauffeur du tramway a continué sans nous voir et Bruno s'est mis à trottiner derrière dans l'espoir vain de l'attraper. J'essayais de le suivre à bout de souffle, déroutée par les étincelles et le crépitement des câbles. Ça ne servait à rien. Le tram était loin, mais Bruno voulait vaincre. Il suivait le tram : je courais après lui.

À l'X, ils habitaient à deux. C'était un petit studio dans un immeuble en brique avec une baie vitrée sur un balcon. Il y avait des livres, des agrumes, des peignoirs en éponge, des plaquettes de pilules, des cartons d'emballage et des galettes « La Bienfaisante ».

J'ai fini par lui demander si sa copine allait toujours rester, et il a répondu que justement, il lui cherchait une chambre à louer dans Paris. Il m'a demandé si je ne connaissais pas quelqu'un qui aurait ça. J'ai posé la question à ma tante. Elle avait une voisine dont la chambre était libre. Bruno a écrit à cette dame pour demander à voir. Ça lui a plu. C'était au septième étage. Il a poussé la harpie à y emménager.

C'était rue Gay-Lussac, en face d'un couvent de sœurs. Du quatrième, de chez ma tante, on les voyait cultiver leur jardin.

Bruno gardait des oranges et des citrons qu'il mettait à moisir. Il s'étonnait après d'être envahi par les mouches.

Au téléphone, il s'écriait tout le temps : Ah! en voilà une! Je ne sais pas d'où elles sortent! Elles sont endormies! Il essayait de les attraper mais elles étaient trop molles. Ça le rendait hystérique. Jusqu'au jour où il comprit qu'elles venaient pour les fruits : c'étaient des drosophiles.

Une fois, il avait oublié un reste de couscous dans une cocotte-minute avant de s'en aller trois jours. C'était moisi à son retour. Je me disais : comme il est attendrissant. Il a la tête ailleurs. Je trouvais les drosophiles attendrissantes.

Il avait beaucoup d'affection pour sa grand-mère. Elle vivait dans une HLM et confectionnait des gâteaux tunisiens. Elle l'avait pratiquement élevé.

Bruno avait une tante pharmacienne qui travaillait rue des Archives. Nous l'avions rencontrée un soir au cours d'une projection, et chacune avait dit son prénom. Elle m'avait même serré la main. Chaque matin, pour aller au métro, je passais devant la pharmacie en prenant ce que je pensais être un mélange d'air malin, aimable, rêveur et naturel. J'espérais chaque fois qu'elle me verrait de derrière la vitrine et que cette habitude me ferait peu à peu exister dans sa vie quotidienne. À force de me voir, elle finirait par faire une réflexion en famille sur la copine de son neveu. L'idée d'être évoquée dans un dîner entre les oncles et tantes me grisait totalement. J'aurais acquis une place de choix. Une fois, je suis entrée le cœur battant pour acheter du shampoing.

Sa grand-mère lui avait donné une recette pour les soirs où il ne reste plus que des conserves et de quoi faire une sauce salade. Un pot de concentré de tomate et une boîte de miettes de thon liés ensemble avec de l'huile. Il m'en avait préparé dans un petit bol. C'était rouge, épais, sucré et écœurant.

Il portait des sortes de sabots à lacets, parfois noirs parfois bruns, toujours bien glacés au cirage. C'était extrêmement rare qu'il y ait de la terre autour.

Un soir, il est rentré de Tours et il m'a rapporté des gâteaux de sa grand-mère dans une boîte de sablés. Il appelait ça « Montecaos ». Il disait qu'elle lui avait appris à les faire et qu'elle lui avait aussi donné la recette de plein d'autres.

Je lui avais proposé de m'accompagner à une fête. C'était la première fois qu'il voyait ça. Il avait déjà remarqué des ombres de gens s'agiter aux fenêtres, mais sans les observer de près. Il trouvait tout bizarre. Le fait que des amis se réunissent entre eux pour écouter des disques, qu'ils mangent des chips, qu'ils boivent du vin, qu'ils dansent, qu'ils aient éteint les lampes.

J'essayais de lui expliquer que c'est sympa d'être entassés à trente dans un F2. J'aurais bien voulu qu'il m'invite à danser. Quelquefois, il désignait une fille ou un garçon comme il aurait montré du doigt des créatures étranges. Il me demandait si je les connaissais. Je lui répondais non… non, pas vraiment.

Un soir, nous étions invités chez Monica, une nouvelle connaissance italienne installée rue Labat. Pour sortir, j'avais mis une tenue habillée, des collants noirs et des chaussures à bout carré.
J'appelai Bruno pour lui donner l'adresse, il rit en apprenant le nom de la rue. J'étais fière de connaître des amis rue Labat. J'imaginais qu'il voudrait rencontrer Monica grâce à ça, mais en même temps, il n'était pas sûr de venir.

Un invité : Qu'est-ce qu'il fait ?
Moi : Je ne sais pas.
Monica : C'est bizarre.
Moi : Mmm.

J'aurais voulu qu'il finisse par sonner. À cause de tous ces empêchements, je passais toujours pour la bécasse qu'il s'inventait des films.

Le lendemain, Bruno m'avait conté toutes ses mésaventures. Des policiers névrosés avaient cherché à vérifier les papiers de sa voiture, mais il les avait oubliés quelque part. Il s'était montré poli, affable et coopératif, mais les agents avaient trouvé son attitude suspecte. Ces paranoïaques l'avaient rudoyé pour l'embarquer au poste, où il s'était retrouvé dans un bureau éclairé au néon. Ils n'avaient même pas eu une once de compassion pour son état de pâleur et sa peau rendue blême à cause du désespoir. Le pauvre était resté là-bas enfermé toute la nuit.

Il n'avait pas réussi à les charmer malgré toute sa bonne foi. J'étais en rage contre ces imbéciles.

Une autre fois, nous avions rendez-vous et je l'ai attendu. Il avait pris sa voiture, mais au moment d'acheter de l'essence, un type l'avait agressé en donnant un coup de poing sur le toit de sa Honda. Bruno avait répondu calmement et proposé de s'arranger à l'amiable. Le type, qui ne l'entendait pas de cette oreille, avait pris un gros caillou pour rayer sa peinture. Bruno voulut rester courtois mais c'était très dur de discuter avec un fou. Il gesticulait dans tous les sens avec l'air de chercher la bagarre. Bruno essaya encore de ne pas l'énerver mais il obtint l'effet contraire. L'autre lui demanda plein de mépris s'il se prenait pour Zorro. Si bien qu'il finit par retourner chez lui écœuré, préférant rentrer qu'arriver en retard.

Je l'avais emmené au Petit Keller, un restaurant rue Keller qui servait des potages dans des bols Duralex. Il fut tout de suite subjugué par ce lieu. La vitrine était protégée des regards par un voile transparent, le papier peint représentait des bambous. Nous nous étions installés près de l'entrée face au bar, il y avait un groupe de peintres en bleu de travail occupés à manger et à boire des demis. Bruno les trouva fantastiques. Il se leva même pour aller leur parler.

Il les considérait comme des figures plaisantes, des sortes de silhouettes animées. Il leur proposa de les filmer à l'œuvre.

Les ouvriers n'étaient pas enthousiastes. Il me fixa tout de même un rendez-vous sur le quai du RER ligne A, pour aller repérer ensemble les champs de navets du Val d'Oise. Nous avions défini le jour très longtemps à l'avance. Il trouvait ce décor fabuleux pour tourner.

À l'heure dite, j'étais debout sur le quai de la station. J'avais peur qu'il n'oublie ou qu'il n'ait modifié son programme.

Il était peut-être en colère parce que nous n'avions pas confirmé le rendez-vous. Il avait pu rencontrer un problème pour venir, ou bien changer d'avis à cause d'un empêchement.

Mais finalement, je l'ai vu déboucher d'un couloir de correspondance un sac en plastique à la main.

Nous sommes allés jusqu'à Houilles, où il y avait un pont en construction. En prenant un tunnel creusé sous la gare, nous avons réussi à trouver le paysage aperçu depuis le train. C'étaient des champs de glaise équipés de lignes électriques, un chantier ouvert, des tubes d'échafaudage, des poutres et une baraque en tôle. Il fallait avancer sans écraser les choux. Nous avons marché dans le froid, observé le ciel bleu et profité du calme. Bruno a pris quelques photos. Un homme a traversé le cadre en combinaison verte. C'était exactement ce qu'il était venu voir.

Ensuite, il m'a annoncé qu'il rentrait. Ça fait que je suis repartie chez moi aussi.

J'avais prévu de lui offrir une surprise dans le RER du retour, mais il fallait faire vite avant d'arriver à Châtelet. Je guettais le meilleur moment pour lui donner. Il valait mieux éviter les arrêts, les ouvertures de portes, les montées, les annonces au micro… Cela ne pouvait avoir lieu qu'au milieu d'un tunnel. Je tendis mon trousseau. C'étaient les clés de chez moi, pour qu'il puisse venir n'importe quand et qu'il soit comme chez lui.

Il rit d'un air embarrassé. Il les mit dans sa poche. Le haut de son pantalon à pinces bouffait à cause de la posture assise.

Nous ne fîmes pas de commentaires. Il avait l'air de se demander pourquoi je lui donnais un double. J'eus l'impression d'avoir gaffé.

Il n'est venu qu'une fois en mon absence pour y déposer un cadeau. C'était un livre à couverture orange, très rare et difficile à trouver. Il m'avait fait une dédicace avec le dessin d'un citron fourbu d'avoir couru toutes les librairies de Saint-Michel. Il y avait le sac un peu plus loin, et, dans un coin, le ticket de caisse.

Nous discutions des salons de thé fameux. Il ne connaissait Angelina que par ouï-dire et m'y donna un rendez-vous (je n'y étais jamais allée non plus) pour boire du cacao.

C'était gras et sucré, il y avait de la chantilly à part dans un pot en biscuit et des pâtisseries à choisir. Le chocolat coulait mal : il fallait incliner le récipient à 135° pour faire sortir un filet sirupeux. Le plateau proposait un exemplaire de chaque gâteau. Bruno commanda un fondant, et moi une tarte au chocolat pour ne pas faire comme lui. Ce mariage trop chocolaté nous donna mal au cœur.

Une autre fois, je l'avais emmené chez un traiteur de la rue Saint-Antoine. Il avait pris des crèmes brûlées et du Saint-Marcellin. Nous avions rapporté les courses chez moi et j'avais déplié ma nappe.

Il sortit les paquets un à un, les ouvrit, tâta la croûte bombée du moisi comme pour dire tu existes. Le fromage était là, tapi au fond d'une barquette noire. Bruno valida sa présence par une simple pression de l'index. Ensuite il entama la croûte et en ôta un bout. On engloutit la pâte coulante. À la fin, il restait les desserts. J'eus la même sensation de lourdeur que chez Angelina, de trop crémeux et de trop riche. Mais je ne pouvais pas m'empêcher de goûter ses expériences.

Nous avions acheté des granulés cacaotés à diluer dans l'eau. Un matin, il mit une casserole sur le feu après sa douche brûlante. Une amie débarqua par hasard. J'étais contente de la recevoir dans cette atmosphère embuée, les rideaux pas encore ouverts et emplie d'une odeur de gâteau.

Un soir, il m'avait donné rendez-vous dans un café du Luxembourg. Au bout d'une heure, j'ai eu peur qu'il ne lui soit arrivé quelque chose, qu'il n'ait téléphoné chez moi et lancé un signal. (C'était avant l'invention des mobiles.) J'ai regardé partout, ressassé mot pour mot toutes les indications données, vérifié les indices, repris le RER dans l'autre sens dans l'espoir de trouver une explication au retour.

Il lui arrivait très souvent des histoires.

Un soir tard, il m'informa qu'on l'avait désigné pour défiler le lendemain sur la place de l'Étoile. Il était convoqué à six heures du matin avec trois autres élèves à l'occasion d'une commémoration : il avait oublié laquelle et ne voulait pas le savoir. Il enrageait d'être obligé de se lever si tôt pour aller dans les courants d'air. Tous devaient être en uniforme. Je préférais le retrouver là-bas que faire une croix sur notre rendez-vous. Il m'offrit la flamme du soldat inconnu comme repère : je mis mon manteau rouge pour qu'il puisse voir une tache au loin. J'étudiai le monument, détaillai toutes les têtes, embrassai l'assemblée. Je ne distinguai même pas les bicornes. Je repartis chez moi très intriguée par cette nouvelle mésaventure.

Dans un café, sur une enveloppe de sucre, il m'avait dessiné un polytechnicien. J'étais surprise par la position du chapeau ; je l'aurais imaginé dans un autre axe, les cornes au-dessus des tempes. J'aperçus son pantalon posé sur la banquette de la voiture, il était noir avec un galon rouge, étendu tout du long.

Avant de dormir, il étalait ses pantalons par terre sans jamais les plier. À plat, les pans posés au sol se trouvaient élargis. Il les écartait légèrement pour respecter le patron. La 2D donnait une impression déformée de sa taille ; les jambes semblaient courtaudes à cause du demi-tour de cuisse qu'on perçoit d'habitude en cylindre.
Ou alors, il rabattait les deux jambes l'une sur l'autre, et, ayant pincé la taille, couchait le pantalon au bord du lit.

Par contre, il écourtait les mots ($m \geq à 3$ syllabes). Il disait le télèf. Le tirbouch, le périf, le magnèt, la boulange, la manuf (pour manufacture), Mario (pour Marie-Olivia).

Au bout de trois semaines écoulées sans nous voir, j'espérais que le week-end suivant serait moins chargé pour lui. Il avait beaucoup travaillé, étudié la physique, trouvé des inconnues, élaboré quelques problèmes. Il avait caressé des idées d'esthétique. Je pensais que nous pourrions peut-être trouver un moment pour sortir, mais il m'apprit qu'il partait au festival de Genève. Il semblait tout joyeux. Rien d'autre n'avait d'importance. Je n'osais pas pleurer ni chuchoter combien j'étais déçue, je n'osais protester de peur que le regret ne m'étrangle. J'avais honte de passer pour une faible. J'étais décidée à dire oui, à épouser son envie de solitude. Je tremblais qu'il me prenne pour une sotte. J'affichai le même entrain. Il prit son billet pour la Suisse.

Je le rejoignis en voiture. Il me prit dans ses bras. Je lui offris un souci jaune cueilli dans un parterre.

J'avais peur qu'il ne me voie comme une de ces Fleurs bleues enivrées à l'eau de rose. Je voulais me dissoudre et ne pas l'embêter, noyer cette grenadine de mes rêves de fillette, diluer le rouge primaire et outrancier jusqu'à la transparence. J'avais la fantaisie de devenir comme lui, son double au féminin, qu'il se repose sur moi pour soutenir et comprendre ses lubies.

Je serais d'accord sur tout. Il n'en reviendrait pas d'avoir trouvé une personnalité pareille.

Pendant les projections, je l'observais du coin de l'œil dans l'intention de savoir son avis sur les films.

J'épiais ses réactions : rires étouffés, soupirs, tortillements, grattements de tête, bâillements, ricanements, notes consignées avec soin à l'intérieur de son carnet.

Il avait toujours un carnet 10,5 x 15 fabriqué par lui-même, dans lequel il écrivait proprement, au stylo, sans ratures ni pâtés. La couverture était bleu ciel, d'un grammage supérieur à celui du papier, divisée en deux par une phrase verticale : la date de première utilisation avec un numéro, tout cela parfaitement aligné au milieu.

Quelquefois, il soufflait par le nez comme pour en sortir une poussière parasite. Ffff fffff ffffff ffffffff.

Je m'efforçais d'élucider le pourquoi de ce mouvement d'air : je ne savais pas si c'était de l'impatience, un tic, ou si un corps solide était effectivement bloqué à l'intérieur de sa narine.

Pendant les films, dans le noir, il pivotait vers moi et je tournais la tête vers lui. (C'était toujours dans ce sens-là.) Il m'adressait un regard complice, clignait des yeux ou gonflait ses joues d'air comme un joueur de flûteau. Je voyais son nez briller à la lueur de l'écran réfléchi. Je maudissais mon cerveau lent, inapte à décrypter d'instinct le mystère de ses sourires. Est-ce qu'il voulait me dire c'est génial, ou non mais vraiment quelle connerie ?

Souvent, j'en rajoutais dans les mimiques de connivence. Je prenais le même air entendu signifiant j'ai capté.

Au tout début, après le deuxième rendez-vous, j'avais trouvé un message en rentrant : l'extrait d'un air du disque 2 de Boby Lapointe. Saucisson de cheval n° 2.

Je m'en souviens comme ça :

Sur le coussin-cœur
Je vous invite ma chère
À Massy-Palaiseau
C'est là que j'habite (de cheval)

Mais les vraies paroles sont :

Sur le coup d'cinq heures (de cheval)
J'vous invite ma chère (de cheval)
À Massy-Palaiseau (de cheval)
C'est là que j'habite (en banlieue)

Les blancs liquides commençaient à monter en neige ferme. C'était le moment ou jamais de se lancer.

J'ai sauté le pas sur le quai du métro. Je l'ai embrassé en lui disant au revoir.

Puis, un serpent cuirassé a surgi, un long boyau roulant à mâchoires coulissantes. C'était YETI. Il a foncé pour l'engloutir.

Le monstre me l'a pris pour l'emporter au loin, dans un recoin de son intestin.

Une autre fois, j'avais voulu l'accompagner et rentrer avec lui. J'espérais qu'il m'invite à dormir. Il était tard. Nous avions fait une sortie cinéma & repas. Nous attendions NONA ou MORA sur le quai.

Moi : Je peux venir ?

Lui : Non.

Je fis mine de monter dans le wagon mais il fit les gros yeux. Le RER allait partir. J'essayai d'insister mais ce fut non et non.

Une autre fois, il m'avait accueillie. J'étais chez lui dans sa baignoire. Le téléphone a sonné, drrrrr drrrrr. C'était elle. Il parlait bas pour essayer de la dissuader d'une voix douce et rigide. Elle voulait venir. Ils chuchotèrent longuement. Je n'osais pas remuer dans l'eau pour éviter les vagues, je ne bougeais pas du tout. Il ne fallait pas qu'elle devine ma présence. J'essayais d'aider au mensonge de l'Agrume.

Il m'avait fait cadeau d'un billet manuscrit rehaussé à la main : sur vélin crème, couvert d'écritures au stylo et d'une touche de crayon bouton-d'or, *La Peur de l'Agrume* en lettres noires et tremblées m'inquiéta. C'était un titre à sensations. Thriller, épouvante, chair de poule…

Un homme-citron colorié précisait : Oh, n'exagérons rien… Disons plutôt la PETITE peur pas plus.

Cela partait d'une citation (*Il y a une phrase très belle…*), pour aboutir à la maxime numéro 2 : *Je fais de l'indépendance, ou du moins du maximum d'indépendance la condition et la garantie d'un amour inconditionnel et sans garantie.*

C'était le règlement.

Il voulait réviser un certain nombre de points. D'après son texte, il s'agissait de nous voir moins, de garder nos distances et d'élargir les libertés. Il se battait pour plus d'autonomie, pour un éloignement à 100 %, contre l'enchaînement de l'homme libre à la femme adhésive. Il n'était pas question de laisser courir des bruits comme quoi nous étions carrément *ensemble* ou ce genre de propos. Le maximum d'indépendance offrait une souplesse absolue et réduisait les chances de rompre. C'était sans risque aucun, il n'y avait pas d'obligations.

Je lui gardais les emballages d'orange ; Midinette, Elle et lui, Toi et moi, etc.

Il choisissait quelques vignettes de clémentines et les collait ici où là, sur son bureau, sur le frigo. Il en avait des Mademoiselle.

Au bout de deux jours passés à presser la touche bis (de temps en temps, je recomposais le numéro en entier, histoire d'essayer autrement), j'avais fini par me rendre à une pendaison de crémaillère. (= 3 x l'angoisse qu'il téléphone lorsque je serais partie.) L'appareil calé sur les genoux, je poursuivais mes tentatives : cela pourrait mieux fonctionner d'un autre poste (?). Vers onze heures, je tombai sur sa voix. Il avait eu un contretemps : alors qu'il était dans son lit, le téléphone avait sonné, il avait frémi et couru décrocher, mais en chemin, il s'était cogné le doigt de pied contre un meuble. Il avait dû penser que c'était moi. Il s'était affolé, il avait sauté de joie. Il avait pris un bon élan mais s'était bousillé l'orteil.

Il me décrivit tout : il eut d'abord très mal et se hâta d'appeler son père. Celui-ci laissa ses affaires en souffrance, grimpa dans sa voiture et rappliqua dare-dare. Il pila net en bas de l'immeuble, gravit les marches comme une fusée, bondit, prit son fiston, redescendit, franchit la porte ouverte en bas (la porte vitrée), jeta l'Agrume dans la voiture et démarra direct. Vrrrrrrrrrr *Iiiiiiiiii*. Il regarda la route avec des yeux fiévreux, ses prunelles scintillèrent, les roues grincèrent, les pneus fumèrent, il fracassa la barrière à l'entrée et freina brutalement au service des urgences. Des infirmières munies d'un brancard à roulettes étendirent le blessé. Un aide-soignant lui fit une piqûre pour calmer la douleur.

Il avait l'os en mille morceaux. Il n'y avait pas grand-chose à faire : croiser les bras en attendant que ça recolle.

J'aurais voulu qu'il me choisisse pour le conduire à l'hôpital.

Je me serais dépêchée, je serais restée près de lui, j'aurais fait les démarches, j'aurais rempli tous les papiers, j'aurais acheté du chocolat et des journaux.

Mais son père habitait la même ville et possédait une grosse voiture. Tout ça, c'était piston et compagnie.

Il dut rester chez lui pour quelques jours. On était obligés d'attendre un peu qu'il soit guéri.

Une autre fois, nous n'avions pu nous voir parce qu'il avait la grippe. Il ne prenait aucun médicament. Il restait dans son lit, la couverture tirée jusqu'aux narines, sourcils froncés et tête baissée, sur le qui-vive, les yeux oscillant d'un côté et de l'autre. Il attendait que les microbes s'en aillent.

Je lui proposais de venir le voir mais il ne voulait surtout pas que j'attrape son virus.

Parmi tous les objets traînaient des tubes d'homéopathie bleus, du magnésium, des boîtes d'ampoules, de la potion cuivre-or-argent. Il remisait les graines et légumes secs dans des pots conservés, d'anciens pots de confiture ou d'aliments pour nourrissons. Il m'envoya quelques lentilles orange dans une feuille de papier recyclé pliée en huit et scellée par un timbre. Il en avait acheté dans une boutique alimentaire pour faire du petit salé. Il les trouvait jolies : c'était comme un poème. Il avait juste indiqué la date au crayon à papier.

Un autre jour, j'ai eu des peaux d'arachides violacées.
Puis de l'écorce de mandarine.
Puis des petits haricots noir et blanc.

Je me souviens de la joie de recevoir une lettre et l'espoir d'y trouver quelques mots. La première fois, je fus très intriguée par ces membranes de cacahuètes.

Il recevait des messages inquiétants, un type avec une très grosse voix parlait de son berger allemand, l'avertissait qu'il avait intérêt de faire gaffe, que son clébard allait le broyer entre ses crocs et faire un vrai carnage. Qu'il le tuerait avec ses pattes griffues, n'en ferait qu'une bouchée, l'attaquerait par surprise, lui arrangerait la face et autres méchancetés. Était-ce une blague ou un vrai dingue ? Il y était question de sécurité et de faire attention. Le scélérat ne laissait ni son nom ni ses coordonnées. L'Agrume ne voyait pas du tout qui cela pouvait être.

Un peu avant Noël, il partit en Touraine retrouver sa famille. Il avait pris des chocolats Richart, carrés fourrés à rayures noires ou lait pour indiquer la garniture (c'était écrit sur un livret pliant, avec des noms comme Symphonie, Mélodie, Escapade, Noisetta, etc.) à l'intention de ses cousins qu'il voyait une fois l'an. Je ne savais pas précisément quand il devait rentrer. Je fis le compte d'une semaine, neuf jours, onze jours, puis deux semaines. Il devait se plaire là-bas, il avait dû revoir ses oncles et tantes et décider d'en profiter. Une fois les quinze jours écoulés, je pensais chaque matin : aujourd'hui ! Le soir je me disais : demain ! Il était certainement reparti. Ou bien il travaillait et attendait d'avoir du temps pour me téléphoner. Un jour, j'eus la surprise de trouver un message. Il imitait la voix d'un mystérieux vengeur masqué : «*À nos amours*, huit heures, cinéma-thèque Chaillot». Je me rendis à Chaillot à huit heures pour voir *À nos amours*.

Une fois assis, il me remit un jeu de cartes à peine plus grand qu'un bouillon Kub, auquel il avait ajouté deux jockers fabriqués à la main. Il avait découpé des rectangles en papier de même taille et reproduit au crayon noir un portrait de lui déguisé en citron.

Dans sa caricature de citron, il se faisait de gros sourcils, un très gros nez et des doubles mentons.

Il était fan du Concombre masqué et, par respect pour ce héros, ne consommait jamais de concombre.

Il appréciait le goût de l'eau du robinet et les odeurs de pollution. Quelquefois, lorsque l'on sentait un fort gaz d'échappement, il me disait j'aime bien.

J'ai le souvenir d'un retour de week-end où nous étions partis en Normandie. De gros flocons tombaient. C'était l'hiver, l'herbe avait revêtu son manteau blanc et nous claquions des dents. J'avais tourné à fond le chauffage électrique qui sentait le neuf et le plastique brûlé. Nous étions allés nous promener vers le port, Bruno avait acheté des livarots. Le trajet du retour fut ralenti par les intempéries : la route était gelée. Nous fûmes bloqués au milieu du brouillard. Il se tourna vers ses fromages posés sur les fauteuils arrière et admira leur calme : ces bienheureux ne s'énervaient jamais, contents de n'avoir pas conscience de la situation. Nous n'avions qu'à les imiter. Il suffisait d'imaginer que nous étions des camemberts et rester impassibles.

Il parlait d'eux en disant «eux». Nos camarades produits laitiers ne l'ouvraient pas. Ils se tenaient tranquilles.

Dans un café, pour commander la même chose que quelqu'un, il ne disait jamais « pareil » ni « moi aussi ». Il sautait sur cette occasion pour réfléchir sur le réel.

Quelqu'un : Un café !
Bruno : Le même, mais un autre.

Il écrivit un film, un court-métrage qui se passait sur la pelouse de l'X. Je m'occupai des accessoires et des objets, aussi de tout ce qui nécessite un véhicule. Il lui fallait un poste de radio, une planche de bois dont on voie bien les veines, des assiettes en verre blanc, des couverts de cuisine, un couteau en métal comme il y en a dans les prisons (j'ai su plus tard qu'il faisait référence à la cuillère d'*Un condamné à mort*…), une gazinière à disposer au milieu du terrain, des stylos quatre-couleurs, un bloc à petits carreaux, des morceaux de sucre, etc., etc.

Dans le scénario, une petite fille coupait une coccinelle en deux. Il fallait trouver la fille et les bêtes à bon Dieu. Mes recherches m'amenèrent au parc floral de Paris à Vincennes, où j'eus un entretien avec une dame. Je dus lui expliquer que je cherchais des coccinelles pour un tournage, en me gardant de lui décrire l'action. Elle prit mon numéro. Deux jours plus tard, elle laissa un message où elle articulait : C'EST OK POUR VOS COCCI-NELLES. J'y courus le lendemain. Un jardinier en blouse les aspira dans un tuyau et les rangea à l'intérieur d'une boîte, à conserver au réfrigérateur dans le bac à légumes. Il n'y avait qu'à les sortir une demi-heure avant afin qu'elles se réveillent. Le jardin possédait son élevage car c'est le meilleur moyen d'éviter les pucerons. À cette saison, elles hibernaient au frais.

Pour la fillette, je pensais à celle de la sœur d'un ami : Angela.

Son grand-père devait venir sur le tournage pour y dire deux répliques. J'étais très impatiente de le voir. Ressemblait-il à Bruno en plus vieux ? Je me préparais intérieurement à lui serrer la main avant d'entamer des conversations passionnées. Tout d'un coup, un septuagénaire aux cheveux blancs traversa la pelouse. Je sus tout de suite que c'était lui. J'attendis désespérément que Bruno nous présente, mais finalement, il n'en fit rien. Il n'était pas d'humeur à présenter. Personne ne sut qui était qui parmi les gens de l'équipe.

Ça n'était pas son fort. Quelquefois, quand j'étais avec lui, il rencontrait quelqu'un qu'il connaissait et se mettait à discuter avec comme s'ils étaient tout seuls. Je restais à côté bien sagement.

Pour un des plans, il eut envie d'utiliser une louche. Les cuisines étaient pleines d'ustensiles qu'il suffisait d'aller chercher. Nous devions demander la permission d'en emprunter à un gradé serré dans ses vêtements, mais celui-ci ne voyait pas du tout pourquoi nous emploierions cet instrument dans un autre dessein que celui de servir la soupe. Il disait : non c'est non. Il faisait tout pour nous brimer. Pourtant, Bruno prenait son air le plus poli. Il lui disait : «Allez, monsieur!» Mais c'était peine perdue : le méchant était con.

Toute la journée, je jouai aux Schtroumpfs et aux Barbapapa avec la petite Angela.

Puis le grand-père donna ses deux répliques. J'allai chercher les coccinelles et entrouvris la boîte. On mit en place la scène du meurtre sur la planche en bois dont on voyait les veines. Il faisait froid. La petite fille devait ensuite courir avec un pistolet à eau.

À la fin de la journée, ma rivale arriva (elle existait toujours). Elle s'était mis du rouge à lèvres (sûrement pour le séduire). Bruno me demanda : peux-tu raccompagner Angela?

Je pris toutes les affaires, le pull, la veste en jean, les Schtroumpfs, la pâte à modeler et ramenai Angela.

J'aurais voulu être aussi détachée qu'un pont-l'évêque mais c'était difficile.

Le reste du tournage dut se faire en équipe très réduite. Ce n'était pas la peine que je vienne. Je pourrai voir le résultat en salle de projection. Nous avions rendez-vous pour visionner les rushes. J'attendis dans le hall, mal installée sur un de ces canapés en mousse. Tout d'un coup, il apparut au sortir d'un couloir (il n'arrivait jamais par là où je m'attendais à le voir), muni d'un sachet en plastique. Il me salua sans me toucher, d'un air préoccupé ; c'était le genre d'endroit où l'on ne s'embrassait pas pour dire bonjour.

Il fallait attendre que le projectionniste nous appelle. Bruno était soucieux. Il dit : c'est comme dans les maternités. Il n'en fallait pas plus pour que mon cœur de midinette s'emballe. Ma visionneuse à rêves s'enclenche au quart de tour : les techniciens qui déambulent dans les couloirs, un clap à la ceinture, deviennent des infirmiers en tenue bleue à l'air gentil et rassurant. Les femmes se transforment en sages-femmes, les secrétaires portent un bonnet stérile et des carnets de santé, les réalisateurs ont des blouses vertes et des masques anti-germes. Bruno se ronge les ongles, pas rasé, un bouquet de roses posé à côté de lui en attendant qu'on vienne l'appeler (bien entendu, c'est moi qui ferais la maman).

Nous étions déjà venus dans cette école de cinéma où un ami qui s'appelle Sébastien montait son court-métrage. Il avait bien voulu qu'on vienne le voir pour regarder un pré-montage. Comme c'était le soir, nous avions rendez-vous à la porte de service parce que l'entrée sur le boulevard était déjà fermée. Bruno arriva quasiment à l'heure, mais escorté par elle.

Un beau jour, je finis par émettre une réserve. Il m'expliqua que sa copine était fragile, qu'elle était triste et qu'elle souffrait.

Quand j'allais chez ma tante, je redoutais de la croiser dans l'escalier. En regardant les boîtes aux lettres, je vis qu'il avait ajouté son nom à lui. À mon avis, c'était pour les contraventions. C'était pratique d'avoir une fausse adresse.

Il avait lu dans un journal pour les consommateurs qu'il existait une ruse pour éviter de payer ses amendes. Il suffisait d'en récolter un tas sur d'autres pare-brise de voitures, d'y ajouter les siennes, et de les envoyer au centre de paiement sans rien écrire dessus. Ils étaient obligés de les annuler. Du coup, quand nous prenions une rue où les pervenches étaient passées, il arrachait toutes les contraventions pour les garder en cas de besoin.

Il disait également qu'on peut signer un chèque sur papier libre. Il suffit d'y inscrire le montant à payer et son numéro de compte (à condition de le savoir par cœur).

Il n'avait pas besoin d'écrire les numéros de téléphone, il s'en souvenait comme ça.

Il avait du culot. Dès qu'il avait l'écho d'une réception, d'une soirée d'ouverture ou d'une avant-première, il s'arrangeait toujours pour entrer sans carton : il inventait un tas d'histoires tellement tordues que les agents n'osaient lui demander de répéter encore une fois. Il se glissait ici ou là, faisait honneur aux plats et entamait les piles de catalogues. Il aurait protesté sans crainte contre quiconque lui aurait fait une réflexion : la personne se serait aplatie. Un jour, il m'avait proposé d'aller à un débat sur les cent ans du cinéma dans la grande salle de l'Odéon. Il fallait des invitations nominatives. Les vigiles refusèrent de céder à ses demandes réitérées. Il alla voir l'un d'eux et simula une crise d'angoisse, demanda où étaient les issues en cas d'inondation ou de tremblement de terre. Le type lui indiqua une porte dérobée donnant sur les couloirs d'évacuation. L'Agrume ne fit ni une ni deux et pénétra par là.

Au restaurant, quand il voulait s'asseoir dans un coin réservé, il s'installait et enlevait l'étiquette. En cas de réclamation, il suffirait d'affirmer haut et fort que ça n'y était pas.

Ou alors, il laissait l'étiquette et assurait qu'il avait bien téléphoné.

En haut d'une de ses étagères était posée une collection entière de la Pléiade. Il les avait volées une par une à la Fnac, jusqu'au moment de se faire pincer. Ce jour-là, un garde l'avait poursuivi, il avait docilement ouvert son sac et rendu l'exemplaire avec un grand sourire fair-play qui voulait dire : bravo, comme vous êtes intelligent.

Un soir, nous étions en retard pour aller au théâtre. L'horloge des couloirs du métro indiquait 20 h 30 et il fallait encore courir pour arriver là-bas. Il s'élança comme un lapin, je l'imitai, je vis des bacs à fleurs et des boutiques fermées passer à toute allure, maintenant mon sac en bandoulière collé au corps pour qu'il arrête de rebondir. Mais il était trop tard. Derrière la caisse, une dame comptait les chèques et les espèces. Elle nous pria d'attendre et de ne pas déranger, il fallait patienter jusqu'à l'entracte. Bruno appliqua sa méthode du client fatigant qui a toujours le dernier mot. Il contredit ses arguments, répondit aux répliques, démolit son discours et réussit à ébranler son assurance. La femme devint toute rouge, elle faillit éclater. Elle nous laissa entrer en nous souhaitant la peste et les grenouilles.

En sortant, il me dit ce qu'il pensait du spectacle.

Lui : C'était pas bien !
Moi : Ah la la, nul.

Il était attiré par les cuisines des restaurants : les lumières au néon, les placards en métal, l'aspect laborantin, la brillance du lino, les cuisinières à gaz, le bleu passé, le vert amande, l'inox, les pots, les récipients. Les ingrédients, les herbes, la peau des pommes de terre, l'écume dans l'eau bouillie, le sang qui coule de la viande crue, le crépitement du gril, le blanc du gras, la matière du bouillon. L'humidité du légume découpé en morceaux. Le beurre, les œufs visqueux, la buée sur une paroi en verre. Il demandait à visiter ou passait par-derrière. Il posait tout un tas de questions aux cuisiniers, pas refroidi par le peu d'intérêt qu'avaient certains à parler du travail : il poursuivait ses investigations dans le détail, exigeait plus que des réponses rapides, prenait des notes, écrivait les recettes.

Je me mettais quelquefois à la place de ces gens et me disais « quel est ce type ? ».

Il avait pris en photo les cuisines de l'école, l'on voyait un tuyau orange enroulé sur lui-même.

Il y avait tourné une séquence de son film, le personnel portait des bonnets en papier.

Un jour, il avait égaré le scénario dans un couloir du RER. Il avait dû poser son sac sur un fauteuil et l'oublier.

Le chemin était long jusque chez lui à Palaiseau. On traversait des zones pavillonnaires. Au début, cela restait des arrêts souterrains, bien chauds et à température constante, il n'y avait pas encore des courants d'air glacés dans l'embrasure des portes ni de vent par les vitres bloquées. L'on pouvait voir les visages en miroir grâce au noir des tunnels. Brusquement, le train surgissait au-dehors : s'enchaînaient les façades en crépi, en meulière, en ciment, les clubs de sport, les hangars en parpaing. Les quais devenaient déserts, les parois transparentes entouraient des rangées de fauteuils et des affiches publicitaires : un opticien, le coiffeur du quartier ou un cours de dessin. Il fallait descendre à Massy-Palaiseau, l'appeler de la cabine à carte au feu après la poste, lui annoncer la bonne nouvelle (je suis arrivée), franchir le pont au-dessus des voies et patienter le long d'une route envahie d'herbes. Quelquefois, il tardait à venir. De l'autre côté, il y avait un bar vide, unique vitrine éclairée dans la nuit, des joueurs de flipper et quelques retraités violets. Lorsqu'on arrivait à l'entrée du campus, un homme dans la guérite levait la barrière à rayures. Nous étions encore loin du bâtiment, les phares jaunes éclairaient le gazon et la route, une armée de lapins sautaient dans tous les sens.

On pouvait également s'arrêter à Lozère, mais il fallait monter à travers la forêt. Un jour qu'il devait partir tôt pour aller en voyage, nous avons emprunté ce chemin dans les ténèbres. Une allée goudronnée laissait la place à un sentier boueux, puis à un escalier irrégulier tapissé d'aiguilles mortes. Les feuilles d'automne faillirent nous faire tomber tout en tourbillonnant. Bruno portait sa valise noire. Nous avons dévalé les grosses marches en caillasse et la terre imbibée jusqu'en bas. C'était l'heure pile du RER de 6 h 05. Plus tard, quand je connaissais la route, je suis venue par là une fois ou deux.

La première fois, c'était à cause d'un silence prolongé. J'essayais de me dire pas de nouvelles, bonnes nouvelles, mais je trouvais au fond que pas de nouvelles = tristesse et inquiétude. J'ai pris le RER et gravi toute la côte. Une fois là-haut, on atteignait enfin la pelouse verte et bien tondue. Je me suis approchée du bloc en ayant peur qu'il ne puisse me voir de ses fenêtres. J'essayais de ne pas me montrer trop tremblante. J'ai regardé sa boîte aux lettres, elle était pleine de prospectus. Je voyais aussi des enveloppes rédigées à la main, des factures. J'ai pris les escaliers sans faire le moindre bruit, cette odeur de lino et de préfabriqué me montait à la tête, j'ai frappé, mais personne. Apparemment, il était en voyage. Quel soulagement ! C'était donc ça…

La deuxième fois, c'était à cause d'un silence prolongé. La crise de nerfs pointait son nez. J'étais sans nouvelle aucune mais je savais qu'il était là, je ne cessais d'appeler : c'était tantôt en ligne, ou bien il n'y avait soi-disant personne. Je laissais des messages qui restaient sans réponse. Cela commençait à bien faire. Je suis allée là-bas, j'ai monté la colline en soufflant, heureuse de ne pas croiser des habitants normaux en train de ratisser le jardin ou d'arroser leurs plantes. J'ai frappé à la porte, toc toc toc (il y avait du bruit à l'intérieur). Il a demandé : qui c'est ? J'ai répondu : c'est moi. Il a ouvert dans son peignoir de bain en éponge bleu, et je l'ai vue au second plan dans celui vert sapin. Ils avaient l'air embarrassés, comme attrapés la main dans le sac. Tout s'éclairait aussi pour elle (C'était donc ça !), Bruno était dans ses petits chaussons en simili.

Plus tard, il m'a demandé d'un air penaud si je lui pardonnais. J'ai aussitôt dit oui.

Dans sa salle de bains, sur les dalles en lino, il amassait une pile de rectangles en carton provenant des paquets de papier toilette rose en feuilles. Il écrivait des choses dessus, plutôt du côté rose.

Les murs étaient très fins, comme du carton. Les cloisons étaient creuses.

Un soir, la fille au peignoir vert n'en pouvait plus non plus. Elle s'était enfermée dans la cabine de douche et avait menacé de se suicider.

Le lundi soir, il n'était jamais là car il allait au ciné-club. L'installation téléphonique et le système de boîtes vocales étaient une catastrophe. Quand nous parlions au téléphone, notre conversation était régulièrement interrompue par une musique de chasse à courre et une voix féminine retraçant l'historique de l'école. Ce disque odieux se mettait à dérailler, s'enclenchait automatiquement, et il fallait rappeler dix fois avant de pouvoir continuer.

Un jour, il m'avait donné rendez-vous au cinéma. Je ne l'ai pas vu, j'ai attendu et je suis repartie. En fait, il avait pris son billet sur-le-champ et il était entré dans la salle sans attendre.

Une autre fois, c'était pour aller voir une séance du matin. Le rendez-vous était fixé depuis dix jours. Les dix jours s'écoulèrent sans nouvelles ni message, mais il était réconfortant de pouvoir se fier à une date.

Le fait que nous ayons échangé des livres me tranquillisait : un jour ou l'autre, il voudrait les reprendre ou me rendre les miens. Cela ferait une occasion de se revoir (au cas où je perdrais sa trace).

Quelquefois, je regardais le téléphone de manière insistante en espérant qu'il allait réagir, mais l'abruti ne sonnait toujours pas. Je vérifiais qu'il était raccroché.

Un soir, il est venu à l'improviste. C'était pour son anniversaire. Je lui avais téléphoné pour lui dire bon anniversaire, et trois quarts d'heure plus tard il sonnait à ma porte. Un élan passionné lui avait fait braver le froid et la nuit noire.

Quelques années plus tard, il est passé aussi à l'improviste. Il se promenait dans le coin.

Un jour, il m'avait dit qu'il viendrait certainement passer la nuit chez moi. Je fis des courses et achetai des éclairs, au chocolat et au café, car il venait de me dire qu'il aimait beaucoup ça. Cela ferait une bonne surprise. Je restai tranquillement à la maison pour être là quand il téléphonerait, mais il se fit extrêmement tard et la pièce devint sombre. J'eus soudain la hantise qu'il ait déjà appelé avant, pendant que j'étais dehors à faire la queue chez cette boulangère lente et empotée qui mettait un temps fou à servir les clients. Évidemment, elle croyait économiser un salaire et des charges, elle préférait tout faire elle-même, mais elle ferait mieux d'embaucher une jeune fille, au moins cela irait plus vite. Certainement qu'à présent, il était bloqué quelque part ou bien en train de courir à toute vitesse vers une cabine qui marche, ou de faire des grands signes à un bavard expert dans l'art de faire semblant de n'avoir rien remarqué. J'eus le sentiment que c'était fichu. Il n'allait pas venir. Ce fut exactement ce que je m'étais dit !

Son école préparait un voyage au Japon et il s'était inscrit pour les deux mois d'été. Il m'annonça son départ, euphorique. Je m'attendais à ce que la perspective d'aller si loin l'effraie, qu'il soit déçu de partir seul, qu'il ait longtemps hésité avant de se décider, mais ça n'avait pas l'air d'être le cas. Ses yeux brillaient, ses mains tremblaient, sa voix vibrait. Nous n'aurions pas de souvenirs communs mais je pouvais partager son impatience.

Là-bas, il aurait quelques cours mais il pourrait quand même se balader beaucoup.

Il fallait aussi qu'il achète des présents pour sa famille d'accueil.

Il prit quelques photos dans des temples bouddhistes, des monticules de terre et de poussière accumulée, des sillons réguliers tracés en rond. Un sol de bois couleur marron glacé. Il avait également poursuivi une vieille dame à travers une ruelle. La dame poussait un chariot à roulettes comme une sorte de landau, courbée en deux, les mains fermées sur la poignée, ses cheveux gris coincés dans une barrette. Elle rapportait sûrement de quoi faire une bonne soupe. Elle avançait lentement. Il la photographia tout au long du trajet. La dame devant un mur, la dame devant un magasin, la dame arrêtée pour reprendre son souffle, la dame devant un panneau d'affichage, la dame devant une épicerie...

Il m'avait expliqué comment les gens qu'il avait rencontrés dégustaient le camembert : ils le découpaient en très fines tranches présentées en rouleaux ou déposées sur un sushi, des tranches fines comme de la dentelle. Il leur avait montré à son tour comment on fait en France, mimant la coupe de gros bouts bien coulants placés avec les doigts dans une baguette déchirée à la main et bien écrasée pour répandre la pâte. Ils avaient répondu oh, comme c'est raffiné.

Il prononçait certains mots à la japonaise *teribilou* (terrible), *horibilou* (horrible), *Loussassou* (Lussas).

Il ne parlait jamais des sentiments. Il parlait des feuilles vertes, de la rosée, du bruissement des bambous, de l'odeur du gasoil, de la lumière du jour, du goût d'un aliment, de ce qui reste à la surface, de tout ce qu'on peut mâcher, humer ou regarder.

Dans un café-brasserie, il m'avait dessiné sa maison familiale. Une grande vitre fumée en triangle isocèle occupait une partie de la façade, offrant de l'intérieur une vue géométrique et colorée en brun. Depuis l'étage, on pouvait observer le paysage marron et surplomber le jardinet sans être vu. De l'extérieur, le verre avait l'aspect d'une ouverture opaque, il ne laissait deviner que des fragments, des masses indéfinies, un morceau du plafond ou du mur. Cela permettait de se cacher des regards de la rue.

Je ne savais pratiquement rien de lui. Même du Japon, il m'envoyait ses impressions sur le vent frais, un nuage orageux ou une route de campagne. Il ne parlait jamais des choses cachées, des souvenirs, des pleurs, des déceptions. Tout était enterré, oublié, remisé, ça n'existait même pas. Rien d'autre n'était réel que le réel, les impressions directes et immédiates. Ainsi, finis les vieux chagrins. Il suffisait de sentir une odeur de goudron, d'écouter un bon disque ou de lire un bon livre. De boire le thé dans des tasses bleues et blanches au restaurant et de savoir apprécier la vue des taches de gras sur un morceau de papier absorbant.

Il fallait essayer de deviner ce qu'il ressentait, pourquoi il agissait de telle ou telle manière.

Il disait que sa mère était folle et qu'elle lui faisait honte dans les grands magasins. Une fois, ils étaient partis pour acheter un manteau et elle poussait des cris en disant ah, comme c'est beau.
Il avait un problème avec sa mère : voilà.

Elle lui avait transmis sa version du lait de poule en cas de rhume : prendre une banane bien mûre, mixer ou écraser à la fourchette, ajouter un jaune d'œuf, battre les ingrédients glaireux jusqu'à l'obtention d'une colle beige et bruyante, arroser de lait chaud. Remuer, laisser tiédir et boire : les microbes dégageront en courant.

Il se levait du lit pour aller boire un verre d'eau fraîche.
Bruno : Tu en veux ?
Moi : Je veux bien.

(Il rabat le coin gauche de la couette en le jetant vers moi, sort ses deux jambes du lit, part dans le noir vers la cuisine, j'entends couler un filet d'eau, il boit silencieusement, revient, il est debout dans la pénombre, tout nu mais avec ses lunettes. On tient chacun le verre d'une main comme si j'avais trois ans. Je bois tout sans en renverser. Eh ben dis donc ! tu avais soif.)

Il possédait deux couettes qu'il faisait défiler : une pour l'été une pour l'hiver. Ses draps étaient généralement unis, bleu sombre ou vert sapin.

Après avoir fait sa toilette, il étalait la serviette imbibée sur le lit.

Il pliait les torchons, empilait ses vêtements sur la chaise de bureau, alignait ses chaussures,
il n'aimait pas froisser les choses. Il repliait le papier d'emballage du beurre côté huileux dedans pour ne pas toucher le gras. Il enroulait les tubes de dentifrice à partir de la base comme les boîtes de maquereaux qu'on ouvre avec une clé. Pourtant, le bord du lavabo était le paradis des brosses à dents usées, des étuis en plastique, des savons « invités », des bombes de mousse aérosol… Tout son appartement était rempli d'affaires. Les livres et les papiers dépassaient du bureau, retenus grâce au poids des objets accumulés en pyramide.

Il n'osait pas faire la poussière, il préférait la voir s'accumuler. Il trouvait ça très beau.

Dans une corbeille, il avait des agrumes moisis ratatinés et recouverts de poussière verte. Les citrons durcissaient, les oranges devenaient comme du cuir. Il y avait également quelques citrons coupés en deux. Certains n'étaient que racornis et d'autres avaient viré au brun. Il les brûlait un peu sur la plaque électrique : il y en avait des jaunes et noirs, des secs et tout légers. Les plus anciens semblaient rongés par un velours poudreux, les plus pourris avaient l'aspect d'une amande fraîche.

Nous enchaînions surtout des retrouvailles après des moments d'isolement. Il devait travailler, ou il ne pouvait pas pendant deux ou trois semaines, et il n'était pas rare de se revoir enfin passé de longues périodes (Bruno aurait pu démontrer qu'ainsi, nous nous voyions souvent). Il effectuait ce geste simple : tendre le doigt pour toucher la personne et vérifier qu'elle est bien là. C'était la joie de rencontrer un vrai corps dans l'espace. Il s'y reprenait deux ou trois fois par pure sécurité, pour vérifier qu'il n'y avait pas d'histoires. Après cela, on pouvait s'embrasser.

Il avait la dernière phalange un peu pliée. Souvent, il tendait simplement l'index vers un objet ou une image, cela voulait dire « c'est beau ».

En regardant un dictionnaire d'anglais pour les enfants, il s'était arrêté sur le dessin d'une salle de bains qu'il trouvait beau. C'était tout simple, une baignoire blanche, un lavabo carré, un tapis de bain et un carrelage à motifs minuscules.

Quelquefois, quand c'était très très beau, il s'exclamait Ooooh en baissant légèrement la tête.
Il pouffait en plissant les yeux et en rentrant le cou dans les épaules. Ffffffffff.

Quand il ne savait plus le nom des gens, il les appelait Machin (ou Machine).

Il y eut la période des Deschiens. En rentrant, j'écoutais mes messages : Alors c'est une recette à base de gibolin, hein, voilà, on prend un beau morceau de gibolin, vous en achetez un bout, du gibolin, voilà, on met à cuire dans une casserole, comme ça, ou bien une poêle à frire, vous enlevez le papier, mmm… ça m'a l'air excellent, il vaut mieux prendre du bon gibolin, c'est meilleur, je mets le gibolin avec de l'huile dans ma casserole, il faut bien mélanger hein, bien mélanger, surtout parce que ça risque d'attacher, on verse encore de l'huile parce que l'huile… voilà, un peu d'huile, c'est bien, alors après, le gibolin va cuire mais il faut bien penser à rajouter de l'huile parce que sinon c'est un peu sec, et puis après, ben c'est tout, on laisse cuire un petit peu, voilà, le gibolin qui cuit, hein, on le voit, il cuit bien, hein, bonjour gibolin ! et puis après, une fois que le gibolin est prêt, on rajoute une goutte d'huile par-dessus, ça donne du goût, comme ça, voilà, on rajoute un peu d'huile.

Il enregistrait les épisodes avec un dictaphone et les rejouait en live. Cela nous faisait pleurer de rire... Quand il riait beaucoup, il faisait aussi hi hi hi.

Je faisais des collages avec son nom et son adresse sur des enveloppes, je découpais mon dictionnaire, je recherchais des papiers rares, je cousais sur carton des lettres en peau d'orange.

Un jour, mû par l'envie d'aller voir la *Jeune Fille* de Vermeer, il a pris sa voiture pour partir en Hollande. Je ne savais pas où il était car il n'avait rien dit. Grâce aux appels réitérés qui restaient sans réponse, j'ai deviné qu'il n'était pas chez lui. Où pouvait-il bien être ? J'essayai de résoudre l'énigme à l'aide d'un téléphone, en procédant à des essais plus ou moins espacés dans le temps, de façon arbitraire. Le résultat de l'expérience fut sans appel : il y avait 100 % de chances pour que Bruno ne soit pas là. Mais comme il y a toujours une marge d'incertitude, je tentais quand même à intervalles irréguliers. On ne sait jamais avec ces probabilités d'erreur.

À son retour, j'ai eu un texte et un dessin au feutre noir sur serviette en papier. Il racontait son escapade, des impressions fugaces, son émotion devant la toile. La fille sur le tableau avait les yeux humides.

Les jours de désarroi, j'allais souvent prendre le thé chez un ami. Pendant qu'il faisait chauffer l'eau, je restais au salon et profitais de ce temps mort pour essayer d'appeler Bruno. Il apportait le plateau, nous discutions, je m'asseyais à son bureau tandis qu'il prenait le canapé. Je surveillais d'un œil le téléphone posé au bout de la table. Au cours de la conversation, tout en buvant ma tasse, je continuais à l'écouter en composant le numéro d'une main sur le clavier à touches.

Bruno avait souvent les lèvres très gercées avec des plaques de peau presque déjà parties. Il y avait également l'intérieur de ses mains qui partait en lambeaux. Régulièrement, ses paumes se mettaient à peler comme un putain de serpent. Aucun dermatologue n'avait pu l'informer sur les causes de cette mue.

À la campagne, il s'était arrêté sur le bord de la route pour filmer l'ombre des nuages glissant à toute allure sur les prés vallonnés. La lumière se déplaçait à la vitesse grand V, alternant les zones d'ombre et les plages de soleil.

Il avait pris toute une série de photos des champs à différentes saisons, fixant sur le format carré les passages de couleur : l'été, tout était vert, les papillons volaient dans les pavots, la terre marron rimait avec sillons, l'hiver devenait blanc comme neige et le printemps coiffait sa perruque blonde.

Certaines étaient prises d'un chemin, des lignes se croisaient à l'horizon, on devinait une moissonneuse ou un tracteur au loin en train de gagner du terrain à la lenteur d'un scarabée.

Il avait également photographié les photos punaisées sur la coiffeuse de sa grand-mère. Celle-ci tendait le doigt vers le miroir, sa main était coupée à droite.

Il avait commandé plusieurs tirages brillants d'un négatif, la vue d'une assiette à dessert posée sur une nappe jaune.

Il avait une passion pour les verres Duralex, les ronds avec des numéros où l'on peut lire son âge. Un jour, nous nous sommes dispersés dans un grand magasin, il a fait faire une annonce générale. L'hôtesse a pris sa voix suave et dit : « Mademoiselle Duralex est attendue au point rencontre, mademoiselle Duralex. »

Une fois, nous avions rendez-vous à la galerie Durand-Dessert. C'était une bonne idée car on peut patienter en regardant des catalogues. Je commençais à tout savoir sur les publications récentes lorsque le téléphone a émis une sonnerie. La personne à la caisse a demandé si j'étais bien madame Yolande. C'était Bruno, pour dire qu'il aurait du retard.

Une autre fois encore, la communication était rompue, il n'y avait aucun moyen de le joindre. Par hasard, j'ai croisé Moira. C'était en bas de chez moi : je lui ai proposé de monter boire de l'eau, du thé ou du café. Moira racontait mille histoires mais j'étais si nerveuse que je tournais en rond comme une toupie. Quel que soit le sujet abordé, je ramenais la discussion à ma question : pourquoi Bruno n'appelle-t-il pas ? Je l'entretenais de la disparition de l'Agrume en espérant vaguement qu'elle aurait une réponse. Soudain, le téléphone a résonné. Une voix m'a dit : ici France Télécom, un télégramme pour vous.

La voix l'a lu en détachant les mots : STILL LIVES MIEUX ANGLAIS STILL ALIVE STILL THINKING OF YOU RETRAITE DE SOLITAIRE NO MAN'S LAND NO PHONE'S LAND PARIS TUESDAY STILL LOVING.

Après une longue absence, il proposa des retrouvailles au Petit Keller. Je préférai m'appuyer contre un mur sur le trottoir d'en face plutôt que de pousser la porte et dire j'attends quelqu'un. Il me semblait qu'on pouvait lire sur mon visage IL NE VA PAS VENIR. Le garde-fou de la fenêtre au rez-de-chaussée me sciait les omoplates et il n'y avait qu'un mince rebord en pierre glacée pour s'installer. J'ai traversé la rue une fois ou deux pour vérifier encore de l'extérieur. Au bout d'un temps, je suis allée interroger mon répondeur d'un téléphone à carte : il me disait j'attends au restaurant. Je suis revenue immédiatement mais il n'était déjà plus là. Je suis rentrée, j'ai demandé, mais le barman m'a dit IL EST DÉJÀ PARTI.

Un petit mot glissé dans ma serrure disait qu'il était venu. J'avais deux solutions : *1. Oublier le livre et être à l'heure, 2. Ne pas oublier le livre et être en retard, j'ai choisi 2. Mais d'abord le Petit Keller il est pas terrib' du tout maint'nant.* (C'est vrai, ils avaient mis d'affreux rideaux saumon.)

Mon père voulait nous inviter au restaurant. Bruno nous a emmenés chez Georges, un tunisien de la rue Richer où il allait avec son père. Son père était friand d'une saucisse d'intestin servie parmi des morceaux de viande. Une fois, il a commandé ce plat, mangé la saucisse en vitesse et fait le type qui n'en avait pas eu.

Bruno imitait l'andouillette tunisienne en train de débarquer dans un tube digestif : reconnaissant l'un de ses semblables, elle adressait un signe de la main comme feraient deux collègues dans les escalators.

Nous sommes allés revoir *La vie est belle*. Dans le film, la femme de James Stewart est une vraie fée, elle est fidèle, patiente, compréhensive. Elle lui donne sa confiance et l'attend au foyer, elle prend les choses en main et fait tout pour l'aider malgré ses agissements. Ça se termine en happy end. Après la projection, nous avons fait quelque cent mètres à peine. Il s'est arrêté net et m'a prise dans ses bras. Il a fondu en larmes.

Lors des dîners chez mes amis, il se faisait attendre. Je lui donnais l'adresse, le code, le téléphone. Parfois, il n'arrivait jamais.

Une fois, il est venu. Nous avions commencé puis terminé sans lui, il était tard, il était l'heure de se coucher lorsqu'on a entendu frapper. Ah quelle surprise ! C'était comme dans une classe de neige quand le facteur apporte une lettre, ou que du bout du réfectoire on vous appelle pour vous dire « téléphone ! ».

Lors d'un séjour à Budapest, j'avais rencontré un jeune homme dans la rue qui insistait pour faire le guide et marcher avec moi. J'avais fini par lui donner mon numéro dans l'idée vague de planifier une éventuelle sortie au cours d'une vie future.

Je pensais à Bruno. Que faisait-il en ce moment ? Je n'avais pas de nouvelles. Je lui avais offert de venir me voir mais il n'aurait sans doute pas le temps… Je vérifiais quotidiennement la boîte aux lettres. À part des feuilles photocopiées en rose ou jaune, des tracts ou des annonces pour des concerts classiques, il n'y avait qu'un trou rectangulaire : des centimètres cubes d'espace compris entre six murs de métal émaillé. Je refermais la porte et son verrou avec la mini-clé comme si quelqu'un allait l'ouvrir. Un jour, on est venu m'appeler dans la salle à manger : « téléphone ! » J'ai traversé le hall à toute allure, bondi entre les tables et les chaises vides. Au bout du fil, ce n'était pas Bruno mais le dragueur hongrois.

Pendant plusieurs soirées où il n'était pas là, la même amie était présente. Elle commençait à ne plus croire que Bruno existât. Elle me disait : Je ne verrai jamais cet oiseau rare. Fort heureusement, d'autres étaient là pour témoigner qu'ils l'avaient vu.

Certains avaient même pu discuter avec lui. En marchant dans la rue, Bruno avait croisé l'un d'eux et ils s'étaient salués. Je trouvais ça très rassurant. Ainsi, pour quatre ou cinq personnes, nous étions associés, ces bons amis faisaient le lien entre Bruno et moi.

C'était la preuve qu'il y avait *quelque chose*.

Et même une fois, Nicolas M. nous avait invités chez lui, il avait fait des spaghettis. Il avait dit à B. : Tiens, mon ami, sers-toi.

C'était vraiment gentil de sa part. Et puis quelle chance de constater que deux personnes chères qui ne se

connaissaient pas se trouvent des tas d'affinités. Ils s'es-
timaient naturellement. J'étais ravie que Nicolas l'aime
bien et je croisais les doigts pour que Bruno trouve mes
amis intéressants, qu'il soit content de les retrouver. S'il
prenait plaisir à parler avec eux, il apprécierait plus de
sortir avec moi.

Pendant le repas, la question fatidique est arrivée sur
le tapis : est-ce que nous tous autour de cette grande
table avions envie de faire des enfants ?

A. : Je crois, mais pas maintenant.
H. : Dans l'absolu, je pense…
Bruno : Si c'est pour essuyer la crotte.
Nicolas : Je fabriquerai un sac à dos avec des trous
pour les bras et les jambes.
Moi : Tu peux me passer l'eau ?

Plus tard, lors d'une soirée chez moi, il a cité une
phrase qu'il avait retenue :
Plus je connais les hommes, plus j'aime mon chien.
Plus je connais les femmes, plus je déteste ma chienne.

Pour un week-end, je suis partie à Châteauroux avec
Sophie et Maeva. Je conduisais en racontant mes infor-
tunes. Elles se regardaient silencieusement et n'osaient
rien me dire, elles avaient l'air gêné. Longtemps après,
j'ai su qu'elles avaient une amie en train de commencer
une aventure avec l'Agrume.

Un jour, Stéphane m'a dit : Ah tiens, tu ne sais pas
quoi ? Une de mes vieilles copines a rencontré Bruno.
Un soir, elle était dans le métro en direction d'une
réception privée, un genre de fête où les entrées sont
chères. Même avec trois invitations, elle n'était pas certaine de passer le tri. D'ailleurs, elle ne m'a pas offert
de venir, ça n'était pas la peine. Elle regardait le plan
de métro sans trop y voir lorsque Bruno a deviné
qu'elle était myope. Vous voulez mes lunettes ? Tenez.

(Il lui a collé dans la main.) Où est-ce que vous allez ? Ah, moi aussi.

Ah bon ? Oui oui.

(Elle s'est demandé : est-ce un plaisantin ?) Il insistait tellement qu'elle l'a laissé l'accompagner.

Finalement, ils sont allés à la party et ont passé la porte. Devant un tel toupet, elle n'a pas pu dire non.

Un mardi, il est allé rendre visite à une amie qui travaille à Beaubourg. Les agents de la sécurité lui ont demandé qui annoncer dans le talkie-walkie, Bruno a répondu « l'ambassadeur du Miranda ». Or justement, le Cnac n'attendait pas Bruno mais la venue d'une personnalité diplomatique. Quelques paroles ont frit dans l'écouteur et le garde a transmis qu'un comité d'accueil allait venir pour lui faire visiter le centre.

Une autre fois, il a fait une bonne farce à l'un de ses amis. Celui-ci venait d'être reçu au concours d'une école, Bruno lui a téléphoné en maquillant sa voix pour annoncer qu'il y avait une erreur et annuler la bonne nouvelle. Monsieur, vous avez tout raté mais votre nom ressemble à celui d'un autre candidat brillant. Alors comprenez-vous, avec ces noms qui se ressemblent, on est perdus. Tantôt les uns s'orthographient avec e tantôt avec un a. On peut dire que vous ne nous facilitez pas la tâche. L'ami a cru que c'était vrai, il était affreusement déçu. Il a broyé du noir pendant deux jours avant que Bruno rappelle.

Au commencement, nous avions pris le thé sur une terrasse près d'une fontaine. Il avait très vaguement parlé de son amie sans plus. Je concluais : c'est en bonne voie, ils sont en train de se séparer. Bien entendu, c'est toujours long… Dieu sait combien d'années on peut rester collé à une histoire. Mais il suffit d'être patiente, cela va se faire naturellement. Je vais m'écraser un peu, je crois que ça va l'aider.

Quelqu'un m'a demandé : est-il toujours avec cette fille ? Oh, non... quasiment plus, non non, ça m'étonnerait... (au serveur) Excusez-moi... (un ton plus haut) S'il vous plaît ! (à l'interlocuteur) Il n'entend pas... (tournant la tête encore) Ho !

Une fois, nous sommes allés au cinéma, il y avait tout un groupe que Bruno connaissait. Je ne savais pas si je pourrais venir chez lui après la projection... Il valait mieux ne pas demander : et si jamais il disait non ? À la sortie, tout le monde resta sur le trottoir. Ceux qui se connaissaient parlaient entre eux, les autres sautillaient ou produisaient de la fumée la bouche en O. Au bout d'un temps, le tout s'est dispersé, chacun a pris sa direction, Bruno a agité la main tout en me regardant. Ça voulait dire au revoir.

Il aimait bien rester coincé dans les embouteillages. Il écoutait de la musique ou le battement des gouttes si par chance il pleuvait. Ses sièges arrière étaient couverts de vieux journaux, de papiers, de CD, de dossiers, de divers.

À Rome, nous voulions voir l'EUR. Le quartier semblait vide et les artères désaffectées, les ministères mussoliniens se découpaient sur un ciel bleu. Nous voulions voir de près un bâtiment. Bruno aimait rester des heures dans les endroits. Il répugnait à effectuer juste une visite : il s'asseyait, réfléchissait, il observait longuement... J'avais souvent envie de partir mais j'adoptais la même langueur, je faisais celle qui a complètement oublié l'idée même de rentrer. Il finissait par se lasser et demandait « on y va ? ».

Dans les rayons d'une librairie, j'avais trouvé un livre sur l'architecture fasciste. Nous l'avions consulté, approfondi encore un peu l'étude en observant toutes les images de ce que nous venions de voir. Il y avait des dessins et des photos en noir et blanc. J'ai décidé de l'acheter. Bruno en voulait un aussi mais nous tenions le dernier exemplaire. Je vais lui offrir, pensais-je, il ne s'y attend pas. Nous sommes sortis de la libraire, j'ai pris l'ouvrage et je lui ai donné. (Je pense qu'il s'en doutait.)

Pour mon anniversaire, nous sommes allés ensemble dans une librairie. Il a acheté un livre pour enfants que je trouvais joli, cela s'intitulait *Monsieur goutte au nez*. Je me disais : pourquoi est-ce qu'il achète ce livre ? Après, nous sommes allés dans un fast-food et il a disparu pendant cinq bonnes minutes. Mais qu'est-ce qu'il peut bien faire ? Il était aux toilettes. Il est revenu avec *Monsieur goutte au nez* dédicacé. (Je m'y attendais un peu.)

De temps en temps, il aimait bien manger un hamburger. Il passait outre les fausses plantes, la lumière grise des plafonniers, la solitude des tables, le poids léger des plateaux vides. Il ne disait pas non à la restauration rapide.

Au bout de quelques mois, je me suis dit que cette histoire devait finir. Il n'y avait plus de feu, ma chandelle était morte. J'avais suffisamment pleuré.

À la scène de vaudeville en peignoir, j'ai proposé que nous rompions. Il a tout de suite été d'accord.

Je m'étais attendue à une apocalypse. Qu'allait-il se passer ?

Je ne voulais pas voir ça.

En fait, il ne se passa rien : le téléphone n'a plus sonné. Ça n'a pas trop été brutal comme transition.

# Eau sauvage

JE crois que je vais prendre une décision très grave parce que maintenant ça commence à bien faire. À partir de demain c'est terminé, je n'entendrai plus parler de vous.

Ça n'a pas l'air d'aller? Tu peux te confier, j'aimerais t'être utile bien que je sois maladroit. Souvent, je n'ose pas demander, j'ai peur de poser des questions. Pourtant, je sens que tu n'es pas à l'aise.

Tu peux quitter la pièce tout de suite, si c'est pour faire la tête. C'est à croire que tout te pèse. Je me passe de toi, va-t'en d'ici.

Cette fois, ma décision est prise. Je ne veux plus te voir. C'est un pas difficile, mais je préfère cette solution. Disparais à jamais.

Mais mon petit, il faut parler, tu ne peux pas toujours garder tes préoccupations enfouies, je te trouve triste. Je ne suis peut-être pas très délicat, je ne sais pas bien tourner les choses mais je voudrais t'aider. Il ne faut pas rester comme ça là comme un bloc.

Tant que tu n'es pas rentrée, je n'arrive pas à m'endormir. Quand tu habiteras seule, tu pourras sortir tard, je ne le saurai même pas et je vivrai tranquille. Mais si je n'entends pas la clé tourner dans la serrure, j'ai peur qu'il ne te soit arrivé malheur, que tu te sois fait agresser dans le métro, frapper par des voyous, violer, est-ce que je sais?

Allô, tout va bien ma chérie ? Non parce que j'ai vu ce matin dans le journal qu'un immeuble a brûlé dans le XIe et comme tu es dans le XIIe j'ai pensé à toi en me disant que c'était peut-être chez toi.

Ça va ma chérie ? Tu te plais ? Ça t'apporte quelque chose ? Tu t'amuses bien, tu sors un peu ? Tu te fais des amis ? C'est une expérience positive ? C'est bien. Je suis content de t'entendre.

Ce que vous êtes contrariants. Je te promets quelquefois j'ai envie de vous frapper. Vous restez muets. Mais dans quel monde vit-on ? Sommes-nous des étrangers ? On ne se parle pas. Vous pourriez raconter ce que vous avez fait, dire, au hasard, j'ai eu une bonne journée ou une mauvaise journée, j'ai travaillé. Mais au lieu de ça, chacun se tait et s'occupe de ce qui l'intéresse.

Tu n'es pas vieille, ni estropiée, ni demeurée, tu es jeune, belle, intelligente. Il y en a qui naissent avec une main coudée, une oreille là, la mâchoire de travers, un bras tordu. Voilà les vrais problèmes. Toi tu n'es pas comme ça : tu as deux oreilles, une bouche, un nez. Tu peux marcher sur tes deux pieds. Il y a des gens qui vont en chaise roulante. Toi, Dieu merci, tu es en bonne santé. Le soleil brille, tu peux sortir, respirer les odeurs, marcher dans la nature : tu devrais remercier le ciel. C'est une grande chance. Certains n'ont pas le choix, ils sont handicapés, ils ont une maladie. Tu as la tête bien faite, équilibrée, tu es instruite. C'est essentiel. D'aucuns ont la cervelle atrophiée, un grain, les yeux qui louchent. Toi tu n'es pas droguée. Tu as de l'instruction, tu es bien. Il ne faut pas te laisser tourmenter. Je sais que tu as du tracas mais crois-moi, ça n'est pas la peine.

Tu n'es pas abrutie, tu n'es pas un laideron. Tu as la santé, la beauté, tu es jeune. Pourquoi broyer du noir ? Encore, si tu étais, je ne sais pas, bossue. Mais tu as tout. Il ne faut pas se laisser démonter. Beaucoup ont des raisons d'être au plus bas. Mais toi, tu as une tête, un corps. Que demander de plus ? Comment se fait-il que tu n'aies pas le moral ? Tu devrais chanter dans la rue.

Bon je ne dis pas, cela peut arriver d'être soucieux ou déprimé. Mais si l'on considère objectivement les données du problème, tu n'as aucun sujet d'angoisse. Te rends-tu compte ? Tu aurais pu naître inepte. Au lieu de cela, tu es normale. Et en plus, tu as des qualités.

Je t'assure mon enfant, il ne faut pas désespérer. Tu as des problèmes ? Il faut parler. Ce n'est pas honteux. Tout le monde a des soucis. Tu peux me dire les choses. Je ne suis pas toujours habile, mais j'ai de l'expérience. Je peux t'aider. C'est mon devoir.

Les gens qui sont difformes, infirmes, qui ont des maladies héréditaires, ça c'est les vrais problèmes.

Alors là je vais m'énerver. Tu viens, tu fais une mine… Ça me donne des aigreurs. J'ai trop d'ennuis pour subir ton sale caractère. Je rentre fatigué et je te vois faire la tête. Tu crois que c'est plaisant ? J'aimerais trouver de la chaleur, des rires. Au lieu de quoi, je croise une carpe. Fais-moi plaisir, pars du salon. Et si tu continues je prendrai une résolution car c'est insupportable.

De temps en temps tu pourrais dire « Je vais préparer une salade ». Spontanément, tu ferais à manger. Quelque chose de facile, des pâtes ou une omelette, ce dont tu as envie.

Tu cuisinerais un petit plat, ce que tu veux, ça m'est égal, mais que ça vienne de toi.

Tu prendrais cette initiative. Un soir, ça te viendrait naturellement, tu ouvrirais le réfrigérateur et tu improviserais un repas.

Je veux de l'affection. Que vous me demandiez si j'ai passé une bonne journée. Que vous soyez serviables, agréables, accueillants.

Que vous ayez un mot gentil. Lorsque vous sortez entre amis, vous discutez ensemble alors pourquoi n'est-ce pas la même chose avec moi ? Je donnerais cher pour savoir ce que vous apprenez, ce que vous faites, si vous avez passé un bon après-midi.

Je ne sais pas qui vous fréquentez, où vous allez le soir.

Il est à l'Université ?

Quelle est sa religion ?

Où habitent ses parents ?

Et eux-mêmes que font-ils ?

Comment vous êtes-vous rencontrés ?

Les amis que tu as, je ne dis pas qu'ils ne sont pas bien. Mais tu devrais aussi sortir dans des milieux bourgeois, fréquenter d'autres gens. Si tu voulais m'accompagner, un jour, je pourrais t'emmener. J'ai des amis extraordinaires qui ont des enfants de vos âges. Tu n'es pas obligée ; essaye, regarde, observe et fais-toi une idée. Ou tu rencontreras quelqu'un, ou au contraire tu concluras ça ne m'intéresse pas, mais au moins tu auras vu. Ils ont une fille, je l'adore, elle est discrète… J'aimerais que tu la connaisses. Fais l'expérience au moins une fois. Petit à petit, tu commenceras à côtoyer un cercle, un groupe avec lequel sortir en boîte, aller au restaurant, courir au bois.

Il faut venir une fois et juger par toi-même. J'aimerais que tu discutes avec leur fils. Peut-être l'apprécieras-tu ou songeras-tu c'est un crétin. Mais si tu le trouves sympathique, tant mieux, vous aurez une conversation intéressante et il te présentera ses amis. Ainsi on établit des relations. Tu vas y aller une fois, deux fois, et au bout d'un moment les gens t'apprécieront et t'inviteront.

Hier soir je suis allé chez des amis qui ont un fils brillant.

Tu devrais t'arranger un peu. C'est bien dommage, tu n'es pas mal et tu te couvres avec des bâches. On croirait une fatma. De temps en temps tu pourrais mettre une jupe, des bas, un chemisier, des escarpins, une broche, un bracelet. On ne voit rien avec cette gandoura. C'est la mode, je veux bien, mais il y a des limites.

Écoute, franchement. Regarde-moi ces robes qui descendent jusqu'à terre. Tu cherches à te punir. Pourquoi ces vêtements ? Alors que le tailleur t'irait si bien. Va t'acheter une tenue : je te donne de l'argent ! Je ne comprends pas pourquoi tu te caches là-dessous. C'est un scaphandre !

On dirait une combinaison pour aller sur la lune. Tu serais tellement mieux avec des collants noirs, un petit blouson… Viens avec moi un jour, on va dans une boutique et je t'offre un ensemble.

La fille de mes amis, qu'elle est mignonne. Et élégante. Elle a toujours des habits impeccables.

Ils ont de beaux enfants, bien élevés, quand tu arrives, ils accourent t'embrasser avec les bras autour du cou.

Allô, bonjour ma chérie tu vas bien ? Je t'ai téléphoné hier, mais ça ne répondait pas. Ah tu étais sortie.

Allô, j'essaye de t'appeler sur le fixe, mais ça sonne occupé. Ah, tu es en ligne. Alors rappelle-moi quand tu as fini.

Bonjour ma chérie, je t'appelle de la randonnée, on est dans la forêt en région parisienne, il fait vachement froid, la pluie, le vent, écoute si tu as un moment téléphone-moi demain je serai content de t'entendre. J'espère que tu vas bien et que tu as passé une bonne journée.

Bonjour ma jolie, eh bien je suis inquiet quand je n'ai pas de tes nouvelles depuis deux jours. Je pense que tu vas bien. Appelle-moi quand tu auras le temps. Je t'embrasse.

J'ai essayé plusieurs fois de te joindre, je ne sais pas ce que tu fais, passe-moi un coup de fil à l'occasion pour me tranquilliser. Voilà au moins deux semaines que je n'ai pas entendu ta voix. Moi j'ai beaucoup de problèmes et de la fièvre, mais enfin ça va ce n'est pas grave. Alors je t'embrasse, au revoir.

J'ai horreur de ces fêtes de fin d'année, je préfère passer la soirée chez moi. Si c'est pour sortir dans la rue et me retrouver au milieu de gens qui crient... Non, je me suis acheté un peu de saumon et j'ai regardé la télévision. Eh bien tu sais, les conneries habituelles, « 2 heures pour séduire », des émissions fff..., vraiment stupides, je suis resté un peu et je suis allé me coucher.

Il y a un de ces vents. Tu te souviens de la tempête, il y a un an ? Eh bien pareil. Ils ont fermé les parcs et les jardins publics parce que... ça vole de partout.

Nous avons fait un voyage exécrable. On s'est posés en retard : l'avion ne savait pas où atterrir. Il a dû survoler l'aéroport pendant que le satellite essayait de nous trouver une place. Il attendait là-haut, comme un vautour : il tournait, il tournait. Le commandant a expliqué que c'était dû au trafic, tout le ciel était bondé. Il a fini par faire une annonce dans les haut-parleurs.

Arrivés dans l'aérogare, les voyageurs se sont mis à courir dans tous les sens pour chercher les valises, on ne savait pas sur quel tapis elles arriveraient. Des électrons. Et la queue au taxi, pour les chariots... Les gens étaient nerveux. Il y avait une femme à côté moi, je l'ai bousculée, on ne pouvait pas passer pour atteindre le bord. J'ai pris mes bagages et je suis parti.

J'attendais, j'attendais, il y avait un monde fou, et tout à coup j'ai vu un taxi arriver, je suis monté dedans, et là j'ai commencé à parler avec le chauffeur, au début il ne disait rien, il était froid, distant, et puis je l'ai détendu et on a rigolé un peu. Imagine-toi que c'est un Marocain ! Alors on a bien plaisanté, il m'a raconté sa vie, il a une femme qui est malade, je ne sais plus ce qu'elle a, et son fils étudie le droit ou la médecine je crois.

J'étais placé entre un monsieur âgé qui lisait son journal et le hublot. Je le voyais fouiller dans son cartable. Et tout d'un coup, il sort un livre de prières. Alors je me suis penché vers lui pour lui demander d'où il venait, eh bien, tu ne me croiras pas, c'était un Tunisien. On a sympathisé, il m'a dit qu'il partait voir ses enfants, un homme charmant. Sa famille est originaire d'une petite ville près de Sousse.

Hier matin je suis allé courir au bois. Et il faisait un froid. J'étais transi. Quelqu'un m'a appelé. J'étais tellement emmitouflé… je n'arrivais pas à attraper le portable. Il est tombé, bon bref. Et puis je rentre à la maison et je cherche partout, je ne le trouvais plus alors j'ai appelé Orange pour annuler mon abonnement et ils m'ont répondu monsieur, il faut racheter une… comment ça s'appelle, une puce. C'était très compliqué, il fallait remplir à nouveau tous les papiers, retourner à l'agence… Je me suis dit, je vais me détendre un peu, regarder la télé. Et qu'est-ce que je vois sur un fauteuil, il était entre deux coussins. Comment il avait atterri là-bas, je n'en sais rien. C'est insensé. J'ai aussitôt rappelé le téléphone Orange pour les prévenir. C'est une histoire de fous.

Je suis allé dîner chez des amis. Il y avait, comment s'appelle cette femme déjà, dont le mari est médecin…, j'ai oublié. Il était là d'ailleurs. Mais elle franchement, elle n'a rien dans le citron. Et elle crie fort, avec une voix perçante ! À un moment il lui a dit de se taire parce qu'elle ne racontait que des âneries.

Mes amis de la randonnée m'ont invité dans leur maison à la campagne, ils viennent d'acheter un pavillon splendide en région parisienne. C'est dans un parc immense. Si tu voyais cette baie vitrée. Ça fait partie d'une résidence : comme un village dans la nature. Avec des routes bien lisses et dégagées, d'ailleurs heureusement que j'étais avec eux parce que je me serais perdu dans ces tournants, c'est un vrai dédale. Et puis les maisons sont jolies, ils ont une porte en bois massif, une allée goudronnée. C'est impeccable. Il y a deux salles de bains, de grandes chambres à coucher, un beau salon. C'est propre. Ils ont fait un très bon investissement.

Ça fait du bien de voir la verdure.

On s'est promenés, on a fait des feux de cheminée. Il n'y a pas grand-chose à faire. On dînait tôt, on regardait une émission. Au bout de dix minutes je leur disais bonsoir et je montais dormir.

Vous voulez y aller les enfants ? On ne s'ennuie pas du tout, mais je crois qu'on va rentrer car ils sont fatigués.

Hier, je suis sorti au restaurant avec une vieille amie rencontrée par hasard. Je marchais dans la rue quand tout à coup, je tombe sur elle alors on a parlé de choses et d'autres et toi, ça va ? ça va, elle m'a demandé qu'est-ce que tu fais ce soir. Comme je n'avais rien de prévu, j'ai dit bon pourquoi pas. Elle avait réservé dans un bar à la mode. C'est là que vont tous les acteurs paraît-il. Elle croyait me faire plaisir. Ah la ! Je n'ai jamais vu un restaurant aussi bruyant. Il y avait un raffut... Et puis du monde, les gens criaient. On aurait dit une foire. Dès qu'on a terminé, je lui ai dit écoute je crois qu'on va demander l'addition et rentrer se coucher.

Oui c'était sympathique. Tu sais, moi, les festivités. On était réunis parce qu'il faut bien organiser un repas, mais entre nous ça m'est égal. J'ai discuté avec un homme assis à côté de moi. Il m'a parlé de ce qu'il fait, de son métier... Ça avait l'air intéressant. Quoi comme activité ? Je crois qu'il travaille dans l'art. Honnêtement, je ne m'en souviens plus, je n'ai pas bien écouté.

J'étais placé près d'une bavarde. Tututututututututu-
tututututututut, elle ne savait pas se taire. Je me suis levé
pour aller me servir une assiette.

Ce buffet, une merveille. Vraiment c'était exception-
nel. Des petits-fours... des canapés... des pains surprise... des fruits... des... ffff... je ne peux pas te dire. Il
y avait de tout, de tout.

Je t'en donne ? Fais-moi plaisir. Il faut te prier. D'accord, je ne dis rien. Prends si tu as envie. Voilà. Quand
je propose, tu refuses, et aussitôt que j'ai posé le plat, tu
te sers.

Tu ne veux pas un yaourt ? Une banane ? Quelques
fraises ? Un abricot ? Du cake ? Prends une part de
gâteau. Tu es sûre ? Je t'en coupe un morceau. Même
pas un abricot ? Alors une petite fraise. Elles sont extra.
Sers-toi des fraises. Je t'apporte un peu de crème Chantilly.

Allez, goûte-moi ces figues. Je t'en prie, pour me
faire plaisir. Même pas une petite datte ? Je t'en prie
prends une datte, elles sont très bonnes. Tu préfères
une figue ?

Je te ressers un peu ? Tu n'as plus faim ? Mais tu n'as
rien mangé.

Je crois que tu manques de sucre. Tu n'en mets pas
dans ton café, tu n'aimes pas les bonbons. Je t'assure, tu
es pâle.

Tu prends quoi au petit déjeuner en général ? du pain
grillé ? des céréales ? des tartines ? des croissants ? du
chocolat ? du thé ?
Tu arrives à te débrouiller ? Tu te fais la cuisine ? Que
prépares-tu quand tu es seule ? Tu vas au restaurant ? Tu
te fais cuire du riz ? Tu fais le marché ?

Tu te sens à l'aise en voiture ? Tu te repères dans Paris ?
Et dans le métro, maintenant, tu sais te déplacer ?

La semaine dernière, j'avais un rendez-vous à Mont-
parnasse et mon scooter est toujours au garage, alors je
me suis dit je vais y aller en métro. J'ai tourné comme
un fou. Je prenais dans une direction, ça n'était pas la
bonne, j'empruntais un couloir, il fallait revenir en
arrière. J'ai demandé, je suis tombé d'ailleurs sur une
femme adorable, elle m'a bien expliqué, j'ai essayé de
retenir ses indications mais aussitôt après j'ai oublié. Je
me suis perdu. Alors là. Je ne savais pas quoi faire.
J'étais au milieu d'un couloir avec un escalier roulant
en face de moi. Finalement, je suis allé trouver le chef
de station, je lui ai dit monsieur, je ne sais pas où je
suis, je dois me rendre à tel endroit, soyez gentil, venez
avec moi parce que j'ai un rendez-vous très important
alors il est sorti de sa cabine, il m'a accompagné. Un
jeune sympa, bien habillé, souriant... Ah, je l'ai remercié, je lui ai dit sans vous j'aurais passé la nuit ici.

Quand j'étais étudiant, on a fait un voyage en Suède
avec mon ami Gérard Latortue. J'ai rencontré une fille.
Elle m'a emmené chez elle, c'était dans une banlieue
lointaine, j'avais loué une voiture, on est allés ensemble.
Il fallait traverser des zones avec des embranche-
ments... je n'aurais jamais trouvé seul. On a passé une
bonne soirée, et puis c'était l'heure de rentrer, je prends
congé, je redescends et me voilà parti. Il y avait des pan-
neaux fléchés, je m'engageais sur des routes, je ne
reconnaissais pas les noms... Et puis c'était désert. Des
camions, des voitures. À un moment donné, j'ai croisé
un motard, je l'ai appelé OH ! OH ! Je faisais des signes
avec les bras, je criais, alors il a vu que j'étais égaré, il
s'est arrêté sur le bas-côté, il m'a regardé posément, il
m'a tapé sur une épaule, il est remonté sur sa moto, et
là, j'ai roulé derrière lui. On a parcouru plusieurs kilomètres. Il empruntait des routes... je n'aurais jamais eu
l'idée. Il m'a laissé à une sortie où j'ai pu enfin retrou-

ver l'hôtel. Ah comme j'étais reconnaissant. J'ai posé la main sur mon cœur, j'avais envie de l'embrasser.

Je ne savais pas quoi faire. Je ne dormais plus la nuit. Ça m'élançait depuis le bras, tout ce côté jusqu'à la jambe. Un médecin que j'ai consulté là-bas m'a prescrit des calmants, j'en prenais double dose matin et soir et pourtant j'avais encore mal. Mon ami Gérard Latortue a contacté un très grand professeur à l'hôpital qu'il connaît soi-disant, ils sont venus me chercher en ambulance dans un convoi spécial, un tralala, je n'en demandais pas tant, enfin finalement nous nous sommes retrouvés dans une clinique ultramoderne, ils m'ont mis dans une salle et là j'ai attendu je ne sais pas combien de temps. Un médecin est entré, habillé en blouse verte, il m'a demandé comment je m'appelais, à peine s'il m'a regardé, il a marmonné quelque chose entre ses dents, je n'ai rien compris. Je suis resté encore, après une infirmière est arrivée, une Noire obèse avec des bras comme ça mon vieux, de vrais jambons, elle m'a fait « *what's your name ?* » et là-dessus « *stay here please* ». Alors j'avais envie de lui dire « O.K… » De toute façon je n'avais aucune envie de moufter ; une simple baffe, elle m'aurait assommé. Après je vois entrer deux femmes avec des blocs-notes à la main pour remplir ma fiche de renseignements : profession ? *father's name ? mother's name ?* religion ? mais des questions…, on se demande pourquoi ils veulent savoir tout ça. Sur un ton dur ! Je tremblais de peur.

En rentrant à Paris, j'ai appelé mon cousin, il m'a donné le numéro d'un de ses collègues mais il m'a prévenu qu'il faut s'y prendre au moins huit semaines avant pour obtenir un rendez-vous. J'ai dit « on ne sait jamais, je vais quand même essayer ». Et là, quelle chance, sa secrétaire me dit « nous avons eu une défection, je peux vous inscrire à 17 heures ». Tu ne peux pas savoir. Je suis allé là-bas, et aussitôt, une dame charmante m'a accueilli, avec un calme, asseyez-vous monsieur, le docteur va venir. Au bout de dix minutes, il m'a fait entrer dans son cabinet. J'étais inquiet, anxieux, mais il m'a rassuré avec une voix très pondérée, ce n'est rien monsieur, détendez-vous, installez-vous. Il m'a posé quelques questions, un homme d'une amabilité, d'une gentillesse… À la fin, il m'a expliqué «écoutez, vous avez un petit tassement des vertèbres, c'est l'âge, lorsque vous avez mal, prenez un peu de remède, on ne peut rien faire contre ce phénomène mais seulement apaiser un peu». Quel soulagement!

Elle se fait dialyser trois fois par semaine. On lui branche un tuyau qui pompe le sang, ça passe dans une machine avec des filtres nettoyants et ça revient dans ses veines.

On lui a mis un pacemaker, une pile qu'on attache sur le cœur pour qu'il batte plus régulièrement.

Je ne sais pas ce qu'il a eu exactement, il a pris froid. Il avait de l'eau dans les poumons, on lui en a retiré au moins deux seaux.

C'est une araignée qui te pique sur la jambe, elle pond ses œufs là-dedans et ça fait une grosse cloque. Les gens se grattent, il paraît que c'est horrible.

Un soir en Normandie, je suis monté me coucher et j'ai trouvé, en allumant, une chauve-souris. Peut-être avais-je oublié de fermer la fenêtre. Elle était accrochée à une poutre au plafond. Elle restait immobile les yeux ouverts. Ce n'est pas grand, de la taille d'un oiseau. Elle était laide. Rosine s'est mise à crier comme une folle, «AH!»» J'ai dit «j'ai remarqué, on va tout faire pour la chasser, mais je t'en prie, calme-toi». Et nous voilà en train d'essayer de lui faire peur. Je lançais un chandail en l'air mais jamais assez haut, il nous retombait dessus. Pendant ce temps, sur la poutre, elle restait immobile. D'ailleurs, je me demande si elle nous avait vus? Rosine poussait des cris. «UNE CHAUVE-SOURIS!» Je me mordais pour ne pas rire. Cela dit, je n'étais pas fier non plus, je ne voulais pas dormir avec cet animal au-dessus de ma tête.

Qu'est-ce que tu cherches ? Tu filmes des grenouilles ? C'est pour cela que tu restes autour de la mare ?

Alors, tu attends toujours les grenouilles ?

Tu es encore là ? Il en est venu depuis tout à l'heure ?

Tu en as vu beaucoup ?

Quelle patience.

Tu ne vas pas au bord de l'eau ? Tu as terminé ton film ?

Ah c'est dommage ! Ce matin, une grenouille est venue sur la terrasse, elle a dit «où elle est la réalisatrice ?». Je lui ai dit que le tournage était fini.

C'est une rose que j'ai coupée dans le jardin. Sens ! Le rosier grimpant a poussé, il a des fleurs splendides.
J'avais planté des frésias, de la glycine, des pruniers, des rosiers mais tout a gelé pendant l'hiver.
Il a fait froid. Même les tuyaux ont éclaté. Eh bien, lorsqu'il reste un peu d'eau à l'intérieur, ça forme des glaçons très durs et ça explose. Il faut tout refaire, appeler un plombier alors si tu crois que ça m'amuse.
Son sang ne circulait pas bien. On lui a mis des veines en plastique dans la jambe.

Je lui avais donné l'itinéraire pour venir en voiture. Ils sont sortis trop tôt et se sont retrouvés en pleine campagne, ils sont partis trop loin, ils ont débarqué dans un bourg, ils ont demandé à un paysan qui leur a indiqué la route mais ils ont pris encore une mauvaise direction. Ils ont rebroussé chemin. Vraiment, c'est un brave type mais il est demeuré.
Elle ? Tu la vois déchiffrer une carte ? Ttt !

J'avais commandé un fraisier à l'épicerie, une pièce énorme, j'avais demandé pour six, mais il y en avait au moins pour dix. Ça me faisait mal au cœur de le jeter. Alors qu'est-ce que j'ai fait, j'ai appelé les voisins et je les ai invités pour le café. Qu'est-ce qu'ils étaient contents. Ils m'ont remercié, ils étaient fous.

« Allô ? Bonjour, Monsieur Martin. Quel temps extra-ordinaire il fait ! Ah ce matin, j'ai tondu la pelouse, je suis content, c'est impeccable. Bon, écoutez, que faites-vous cet après-midi ? Voulez-vous venir boire un café ? Il faut profiter du soleil. Ah, d'accord, c'est bien c'est bien. Comment ? Allez, on vous attend, à tout à l'heure. »

Elle les étouffe ; son fils aîné, quand il part en voyage, avant d'appeler sa femme, ses enfants, son bureau, il téléphone en premier à sa mère. Dès qu'il est arrivé, il cherche une cabine n'importe où « Allô ! maman je suis bien arrivé ». Et s'il ne le fait pas elle lui mène la vie dure. « Où étais-tu ? je me suis fait du souci. »

Il habite encore chez sa mère. Elle prépare ses repas, elle lui demande ce qu'il a fait. Elle est au courant de toutes ses affaires.

Il dîne chez ses parents pratiquement tous les soirs. Sa mère essaye de lui présenter des jeunes femmes, des cousines éloignées, des filles de ses amis. Elle a envie qu'il se marie.

Elle ne peut pas le souffrir, pourtant c'est son mari. Il faut dire qu'il est bête. Les gens lui racontent des his-toires, il croit tout ce qu'on lui dit. Il est crédule. Comme ça l'énerve, elle lui lance des injures… Alors à l'occasion, il sort pour respirer un peu, boire un café, marcher au centre commercial.

Elle lui répète qu'il est un bon à rien. Remarque, elle a raison mais enfin… Il en a marre d'entendre ce discours, je le comprends.

Cela dit, je ne sais pas comment il peut la supporter. Il parle peu, mais il n'en pense pas moins. Elle est tout le temps à lui crier derrière.

L'ennui avec Rosine c'est qu'elle m'angoisse. Je rentre fatigué le soir, j'aurais envie d'être accueilli par une femme épanouie, souriante, qui prépare à dîner, que l'on discute un peu, mais par moments, elle fait une tête… Je n'ose même pas ouvrir la bouche, j'ai peur de dire une parole de travers. Si j'ai le malheur de faire une réflexion c'est les reproches.

Oui, ça va mieux. J'ai dîné avec elle la semaine dernière, on va sans doute partir quelques jours en vacances. J'en ai envie comme d'aller chez un arracheur de dents, mais si je n'y vais pas ça risque d'être un drame… J'ai réservé dans un hôtel qui paraît-il est bien.

Elle n'est jamais contente. Au lieu de sourire, de plaisanter, de mettre un peu de joie, elle me donne des ulcères. Elle est tout le temps contrariée : une fois c'est ci, une fois c'est ça. Quand je rentre le soir préoccupé, vraiment, ça n'est pas drôle.

Tu as des nouvelles de ta sœur ? Non ? Tu ne l'as pas appelée ? Tu pourrais lui téléphoner, lui demander ce qu'elle fait, comment elle va, ce serait gentil. Vous ne communiquez pas.

L'autre soir, elle était sortie, je crois qu'elle était invitée à une fête. Je me retournais dans mon lit… le réveil indiquait 2 h, et je n'entendais pas la clé tourner dans la serrure. Vers 3 h du matin, j'étais inquiet, je me suis levé pour aller voir si elle était rentrée. Je suis sorti dans le noir comme un voleur, je marchais sur des œufs : je n'osais même pas respirer. J'ai ouvert très délicatement, je me suis approché, mais je ne voyais rien alors j'ai chuchoté en effleurant le drap. Et là, elle a sauté comme une furie « merci, merci ! ». Tu te rends compte ? Elle m'a accusé de l'avoir fait exprès : comme si j'avais voulu la réveiller ! Eh ben. Ce que vous êtes cruels. Je suis meurtri, vraiment, cela m'a beaucoup affligé.

J'ai l'impression qu'elle est un peu contrariée en ce moment, je ne comprends pas pourquoi. Tu ne voudrais pas lui demander ?

Toi tu sais lui parler. Essaye un peu de savoir pourquoi elle fait cette tête. J'ai l'impression de la choquer quand je pose une question.
Je ne peux plus tolérer cette attitude : dès qu'elle arrive, je l'entends filer dans sa chambre et s'enfermer. J'ai peur de faire le moindre bruit. On ne se voit plus, elle vient dans la cuisine se servir à manger. On vit comme des sauvages.

Toi elle t'écoute. Elle t'admire, elle te considère comme son modèle. Essaye de l'approcher pour savoir ce qu'elle a.

Arrêtez de vous battre comme des chiffonniers ! Ça suffit, je vais sévir ! Lâche ses cheveux ! LÂCHE SES CHEVEUX ! Enlève ta main ! Écarte la mâchoire immédiatement. Ouvre la bouche !
Regardez-moi ça ! On dirait deux chiens enragés. Je ne veux pas savoir lequel a commencé !
Allez, séparez-vous et faites la paix. Embrassez-vous. Mieux que ça. Avec les bras autour du cou. Fais-lui un grand sourire. Donne-lui le bras. Voilà.

Tu as des nouvelles de ton frère ? Non ? Tu ne l'as pas appelé ? Tu pourrais lui téléphoner, lui dire bonjour, lui poser des questions sur ce qu'il fait, comment vont ses enfants, sa femme, si son travail lui plaît. Chacun vit dans son monde. Personne n'est concerné. Tu devrais faire l'effort de lui envoyer un petit mot, une carte, même quelques lignes, pour montrer que tu t'intéresses à lui.

C'est comme cela qu'on entretient des relations. Il va te parler de son activité, de sa famille, de ses joies, de ses problèmes... Il faut garder un lien.

On ne peut compter que sur la famille. Le reste... Les amis, c'est bien pour bavarder, sortir en boîte, aller au cinéma, mais dès qu'il arrive un coup dur, quand tu es dans la gêne, la tête sous l'eau, l'un il te dit « ah ce week-end, malheureusement je ne peux pas, ma belle-sœur est malade », l'autre « eh ben ça tombe mal, je ne suis pas là demain... » Les gens veulent te voir quand tu es en forme et que tu étincelles. Mais si tu commences à traîner des pieds, à pleurnicher, à te faire plaindre, ils te fuient comme la peste, ils se dérobent ! Et c'est normal : chacun a ses problèmes. C'est pour cela que même au bout du monde, le jour où tu te trouves malade, seule, en difficulté, si tu as besoin d'aide, les seules personnes sur qui tu peux compter, c'est ton frère et ta sœur. C'est important. Je me tue à le répéter. Vous êtes de la même chair ! S'il arrive quoi que ce soit à l'un ou l'autre, vous le ressentez, c'est comme si vous étiez touchés chacun au même instant.

Moi, je ne serai pas toujours là malheureusement... Il faudra bien vous débrouiller. Eh oui. J'ai soixante et onze ans.

J'aimerais que nous prenions un rendez-vous avec tes frère et sœur, que je vous parle un peu de mes affaires, que je vous explique tout au cas où il m'arriverait quelque chose. À mon âge, maintenant, il faut s'attendre à tout. Demain, on dérape sur une peau de banane et c'est fini.

Laisse-moi ce texte ici, je le lirai demain à tête reposée. Il faut aborder ce problème à tête reposée. Nous en parlerons à tête reposée. Écoute, là je suis fatigué, j'aime mieux considérer cela plus tard à tête reposée. Il faudra qu'on voie ça à tête reposée. Réfléchissons et discutons plus tard à tête reposée. Je lirai le mode d'emploi à tête reposée. Il faudra qu'un jour, on prenne une heure et qu'à tête reposée tu m'apprennes à me servir de cet ordinateur.

Sa femme est hystérique. Elle crie toute la journée. Et la belle-mère est pire, alors quand elle est là aussi, c'est un calvaire. Il devient chèvre avec ces folles à la maison. Dès qu'il peut, il voyage, il part quelques jours prendre l'air. Lorsqu'on est allés en week-end, il avait pris une chambre avec un très grand lit alors je lui ai demandé pourquoi et il m'a dit « c'est pour quand je me réveille, j'étends le bras comme ça, je sens l'oreiller vide, elle n'est pas là, alors je me dis ah ! c'est bon ! ».

Bonjour ma chérie, nous sommes mardi 17 h 10 je voulais prendre de tes nouvelles, j'espère que tout va bien, que tu as beau temps, ici il fait du vent, la pluie, le froid, écoute, je suis à la maison ce soir en principe, si tu veux, tu peux m'appeler. Je t'embrasse.

Bonjour ma chérie, il est 13 h, j'espère que tu vas bien, que tu es reposée après ton voyage à Tourcoing, écoute si tu veux bien me rappeler pour me dire si ce soir on dîne ensemble et à quelle heure, alors j'attends ton coup de fil et je t'embrasse très fort.

Dimanche dernier, nous avons fait une marche extra-ordinaire. Nous avions rendez-vous avec la guide. On est partis très tôt, on a pris le train de banlieue jusqu'à... je ne me souviens plus du nom de la gare. On a parcouru 40 kilomètres au moins, mais je t'assure c'est épuisant. Et puis, il faut suivre le rythme... À la fin j'étais éreinté. On a gardé un pas rapide. Que c'est beau cette nature, ces arbres, ces rochers... Quelle merveille. Mais c'était dur ! Elle nous a exténués. J'avance comme un canard.

Il a fait froid. Et puis la pluie, la boue, heureusement, j'ai un parka fourré. J'avais l'onglée ! Je soufflais sur mes doigts... Je vais me faire chauffer un bol de soupe.

L'autre jour en forêt, pendant la pause, nous étions assis sur des troncs, chacun avait sorti son déjeuner. Je mangeais mon sandwich, à côté de moi il y avait un monsieur avec des cheveux blancs. Tout à coup, je l'ai vu partir en arrière la bouche ouverte : il a fait un malaise. Je te promets, ça m'a fait quelque chose… Un homme avec qui je parlais quelques minutes auparavant, dans la force de l'âge ! Il s'est affalé comme une crêpe. Alors je l'ai secoué, je lui ai mis une claque et je lui ai versé ma gourde sur la tête. Ben oui, dans ces cas-là, qu'est-ce qu'il faut faire ? L'asperger d'eau et lui donner un coup !

Ensuite, il est revenu à lui et nous avons pu continuer. Mais ça m'a retourné, c'était impressionnant.

C'est quoi ? Du chocolat au lait ? Je vais le garder pour dimanche. Parfois au milieu de la forêt, j'ai envie de sucreries.

Je me suis réveillé cette nuit, à deux heures du matin avec une faim. Je suis allé à la cuisine me faire un sandwich aux boulettes.

Tu ne veux pas un chocolat ? Allez, ils sont extra. Non ? Vraiment ? Fais-moi plaisir, goûte celui-là.

Qu'est-ce que vous voudriez que j'achète pour demain soir ? Vous voulez qu'on fasse un poisson au four ?

J'ai pensé que pour demain soir, on pourrait préparer par exemple un poisson au four.

Je vais faire un dîner vendredi soir, on sera entre nous, il y aura Rosine, ses neveux, son fils, son amie pharmacienne, j'oublie son nom, son frère et sa belle-sœur et leurs enfants.

Je te le dis à l'avance, mardi prochain, on est invités chez ma sœur. Alors note-le. Après, ne viens pas me dire que tu avais autre chose de prévu ou que tu ne savais pas. Ça lui ferait plaisir que vous veniez.

Il y a toujours un empêchement. Dès que c'est fête, comme par hasard, vous avez une invitation, un dîner, un anniversaire… On dirait que vous le faites exprès. Pour moi c'est important, je passe mon temps à le répéter. Je ne demande pas qu'on se voie tous les jours mais une fois de temps en temps pour les dates importantes. Qu'on ait le temps de discuter, de se détendre un peu : on ne se voit jamais.

Dorénavant, j'aimerais qu'on fixe une soirée par semaine où l'on dînerait ensemble à la maison, mettons le vendredi, pour échanger quelques paroles : se voir, bavarder, rigoler.

Je te confirme que le premier soir on est invités chez ma sœur, le deuxième chez Rosine. Je ne l'ai pas dit ? Je t'ai laissé plusieurs messages. En tous les cas, tu es prévenue : jeudi, nous serons chez ma sœur, elle a prévu pour quinze, elle a préparé une grande table, il y aura toute la famille, et vendredi avec Rosine, ses frères et leurs enfants. Si tu n'as pas envie de venir, agis comme tu l'entends, mais attention, dès aujourd'hui, c'est terminé, il ne faut plus compter sur moi.

Hier, à neuf heures du soir, j'étais en train de lire, le téléphone, c'était ma tante. J'ai reconnu sa voix, ouh la la ! Malheureusement, comme j'avais décroché, c'était trop tard. Elle est partie dans de longues discussions : « et tu comprends, voilà ce qu'il m'a dit… ». Blablablabla. Quand elle m'appelle comme ça pour parler de ses problèmes, je commence à trembler : ça veut dire que j'en ai pour la soirée.

Et toi, où en es-tu ? Vous avez des projets ?
Il a besoin de réfléchir ? Il n'est pas sûr ?
Je ne veux pas te contrarier mais je crois que c'est une planche pourrie. Il tombe sur toi et il lui faut du temps ? C'est un fou ! Parole d'honneur !
Mon petit, d'après ce que tu me dis, je pense que ce jeune homme est à côté de ses chaussures. Non mais c'est vrai, franchement.

Il y a des gens comme ça : ils marchent dans la rue, ils passent devant une porte cochère et ils ne la voient pas. C'est comme si tu proposais à quelqu'un de la tarte aux fraises posée sur une assiette en or et qu'il te répondait « je ne sais pas… », « je n'ai pas faim… »

Quant à… comment s'appelait-il, ton copain qui roulait en scooter ? Le jour où tu me l'as présenté, je te respecte et je t'adore ma chérie, tu es la prunelle de mes yeux, mais quand je l'ai vu arriver avec sa chemise de pyjama, j'ai pensé mais c'est pas possible… Je ne nie pas qu'il ait des qualités, bien au contraire, mais entre nous, se balader avec le sac en bandoulière et le tabac à rouler.
Et puis son nom, bien sûr… Ce n'est pas Yéhouda… Je ne peux pas te dire que ça m'enchante mais que puis-je faire. Du moment que tu es heureuse, pour moi c'est l'essentiel, si vous êtes épanouis, je suis comblé.

Alors écoute-moi bien, tu fais ce que tu veux, mais si un jour vous avez un enfant et que c'est un garçon, tu dois le circoncire. Sinon c'est terminé. Je te le dis. De toute façon, tout le monde le fait : regarde en Amérique. Tu te rends compte, en Amérique ! Alors si tu n'obéis pas, je te préviens, tu ne me verras plus, tu peux me dire adieu à partir d'aujourd'hui.

Mettez-vous à l'aise ! Je vous sers un peu de caviar d'aubergine ? Vous voulez des poivrons ? Ça ? De la pastilla, c'est à base de pigeon mais on peut le remplacer par du poulet. Ma fille m'a dit que vos bureaux étaient dans le XVIIᵉ ? Où ça ? Ah oui, très bien. Vous habitez dans le IXᵉ je crois ? C'est animé comme quartier, c'est vivant. Encore un peu de vin ? Ne soyez pas gêné !
Il était très timide, mais tu me connais, je sais mettre les gens à l'aise : j'ai commencé à faire une ou deux blagues et ça l'a déridé.
Il faut vous servir mieux, c'est tout ce qu'il y a !

C'est ton nouvel ami ? Que fait-il comme métier ?

Aujourd'hui pour vivre à Paris, il faut un minimum. De quoi payer un loyer tous les mois, le téléphone, s'offrir une belle paire de chaussures, dîner au restaurant, partir, faire un voyage. Quand tu as des enfants, il faut leur apporter du lait, du pain, leur payer des vacances, les envoyer aux sports d'hiver. Le jour où l'un d'eux est malade, il faut l'emmener chez le médecin.

Tu ne vois que le côté positif des choses. Observe aussi comment il se comporte, est-ce qu'il est responsable, est-ce qu'il est généreux. On dirait que tu vis dans un autre monde. C'est bien, mais il faut être pragmatique.

Je t'assure, par moments, tu m'effraies. Vous êtes d'une naïveté. Vous ne vous rendez pas compte. Vous êtes candides. Les gens, on ne peut pas toujours leur faire confiance, il faut se méfier un peu.

Tu trouves la gentillesse partout, tu crois que tout le monde est comme ça, mais il y a des envieux. Quand tout va bien, la plupart des amis sont très heureux pour toi, mais d'autres aimeraient que tu glisses dans la rue.

Il faut que tu apprennes à gagner ta vie, à remplir ta déclaration d'impôts… que tu saches à peu près combien tu dépenses comme argent, que tu sois un peu au courant. C'est important. Je ne suis pas éternel.

Vous êtes trop en dehors de la réalité.

Tu n'as pas souscrit d'assurance ? Mais tu es incurable ou quoi ?

Ma chérie, fais comme tu l'entends, je ne suis pas à ta place, mais je t'en prie, réfléchis bien. Tu me dis qu'il a des enfants… J'ai un peu d'expérience : ne t'emballe pas trop vite, prends tout ton temps. Louez une maison l'été, partez à la montagne…

Il faut que l'amour soit très fort ! Tu sais, au début on rigole, on est content, on vit ensemble. Et au bout d'un moment, voilà les problèmes qui arrivent. Un jour, il faut accompagner l'un chez le dentiste, un autre au karaté, celui-là est malade. Tu verras, le dimanche, quand tu auras envie de le voir et qu'il sera trop pris, tu en auras vite marre. Ses enfants passeront toujours avant toi ! C'est légitime !

Fais un essai, prenez quelques jours de vacances, pas uniquement une fois… il faut y retourner. Va au super-marché, pousse deux caddies, fais la cuisine pour six, range les affaires, vide la voiture et là tu sauras si tu veux toujours.

Je ne voudrais pas que tu regrettes de t'être aventurée trop vite. C'est ton bonheur et je respecterai toujours ta décision. Mais c'est une situation particulière ! Vous devez vous aimer beaucoup, il faut qu'il soit à genoux devant toi, qu'il rampe, qu'il avance à plat ventre !

Tu as une bonne nouvelle à m'annoncer ? Un fiancé en vue ?

Ah quand vous serez mariés, que je viendrai vous voir avec vos époux respectifs et vos enfants, quelle joie ce sera pour moi.

C'est qu'il faut commencer à y penser, le temps passe. Tu es dans tes plus belles années ! Tu dois sortir et voir du monde, aller dans des soirées. C'est comme cela qu'on établit des relations.

Souris un peu ! J'ai l'impression de parler à une chouette. Les gens tu vas les effrayer !

Alors que si tu mets du rouge à lèvres et un bijou, tout de suite, ça change tout.

Mais qu'y a-t-il ? Tu as l'air abattu. Ne reste pas comme ça. Pourquoi être aussi solitaire ? Sors, fais la fête, va t'amuser ! Il faut parler, communiquer, à ton âge, ce n'est pas normal de s'enfermer, tu as besoin de rencontrer du monde. Il n'y a aucune raison : tu as tout ! Va dans les clubs, danse, bois un coup, sors avec celui-ci : ça ne va pas ? sors avec l'autre ! Essaye. Je ne te dis pas d'aller avec tous les types que tu vois, mais sois plus insouciante. On dirait que tu portes un macchabée sur tes épaules.

Quand tu es dans un groupe, regarde autour de toi, ouvre les yeux ! Tu déambules comme ça, l'air éthéré, tu rêves… tu donnes l'impression d'être ailleurs : les gens pensent que tu les ignores. Il faut aller vers eux ! Je suis un homme, et pourtant, quand une femme adopte une attitude lointaine, je n'ose aller vers elle, j'ai peur. Nous sommes aussi timides que vous. Je reste inhibé dans un coin. Mais si elle me fait un sourire, ça me donne le courage d'engager la conversation, pour discuter, pour plaisanter !

Ah, tu as remarqué, maintenant je ne demande plus rien. Si tu m'annonces que tu as un copain, tant mieux, mais si tu ne parles pas, je ne pose aucune question.

Et ta sœur, est-ce qu'elle sort avec quelqu'un ?

Je ne sais rien : elle ne parle jamais. Quand je la questionne, elle est gênée. Elle se confie sans doute plus volontiers à toi, vous vous comprenez bien.

Quand je serai à la retraite, je m'achèterai une maison dans le Midi où vous viendrez me voir avec vos enfants quand vous serez mariés. Ici, nous menons des vies de fous. J'irai m'installer au soleil.

Je crois que dans quelques années, pour mes vieux jours, j'irai habiter dans le Midi.

Allô ma chérie, tu vas bien ? Où es-tu ? Ah. Bon écoute, je t'appelle pour t'annoncer une mauvaise nouvelle : ma grand-tante est morte. Oui ben, tu sais, elle était très malade, on l'a enterrée hier. Tu es dans la rue ? non parce qu'il y a du bruit. Alors je te rappelle plus tard, à tout à l'heure.

Salut ma jolie. Tout va bien ? Le moral ? La santé ? Les amours ? Le travail ? Je suis content pour toi. Je ne te dérange pas plus longtemps.

Allô ma chérie, tu vas bien ? Tu es contente de ce que tu fais ? Ça me fait plaisir. Ah oui, il fait très beau. Je suis sorti faire une promenade au bois, j'ai fait au moins dix kilomètres. Allez, je te laisse travailler, je t'embrasse.

Allô ? Je ne te dérange pas ? Je voulais prendre un peu de tes nouvelles, je ne te retiens pas plus, à bientôt ma chérie.

Qu'est-ce que tu fais ? Tu travailles ? C'est très bien.

Chaque année, le jour de mon anniversaire, la première personne qui m'appelle : Jacqueline. Elle est remontée comme un jouet mécanique. Mais quelle pipelette... Elle ne s'arrête jamais. Je ne sais pas comment fait son mari, elle a une énergie malgré son âge : on n'entend qu'elle. Il écoute patiemment et hoche la tête d'un air de dire « c'est ça » et pendant ce temps, elle continue, c'est un vrai monologue.
Cela dure depuis des années. C'est elle qui tient les ficelles du ménage. Et lui, le malheureux, il ne dit rien. Elle l'empêche de parler ! ça fait longtemps qu'il est comme ça. Mais qu'est-ce qu'elle est active ! Elle va voir des expositions, des films... elle a toujours des choses à raconter. Elle se déplace beaucoup !

Maintenant, je me souviens de vos anniversaires : je note les dates dans un carnet.

Si j'avais su que tu partais justement ce jour-là… Je t'avais envoyé un magnifique bouquet de roses rouges mais vous veniez de quitter la maison. C'est la femme du propriétaire qui les a eues. Vraiment, ça m'a fait mal au cœur.

Pour ton anniversaire, j'ai réservé dans un grand restaurant dont m'a parlé mon neveu, il paraît que c'est très bien.

Malheureusement, je ne serai pas là pour fêter ton anniversaire mais tu sais que je penserai à toi, que je te souhaite tout le bonheur, la joie et le succès que tu mérites… tout ce que tu désires. Je t'appellerai de l'hôtel si je peux.

Bonjour ma chérie, c'est le 31, je pense à vous dans ces temps difficiles, c'est une période de recueillement, chaque année à la même époque, je sais que c'est un moment douloureux pour vous… je t'embrasse très fort et je pense à toi.

Mon Dieu, que le temps passe vite, j'ai l'impression que c'était hier.
Dix ans déjà. Onze ans déjà. Douze ans déjà. Treize ans déjà. Déjà quinze ans !
Cela fait dix-sept ans.

Je vais faire un dîner à la maison avec mes frères et sœurs pour l'anniversaire du décès de mon père. Il y aura toute la famille. C'est comme tu veux.

Tu te rends compte, personne ne m'a appelé, alors que c'est un jour très important !
Quant à ma sœur, je ne lui parle plus.

Ils crient tout le temps ! Son mari est un coléreux et elle une hystérique alors ils hurlent à deux. C'est une vraie corrida.

Il a toujours été jaloux. Parmi les frères, c'est lui qui a le moins réussi. Les autres lui remplissent la tête et comme il est simplet, il croit tout ce qu'on lui dit. C'est elle qui l'embobine.

Tu ne sais pas qui m'a appelé hier ? Ma sœur ! J'étais un peu surpris. Elle m'a posé quelques questions, « Ça va ? Ça va. Et tes enfants ? Ça va. » Je la sentais gênée au bout du fil. Non mais franchement. Cela fait six mois qu'on ne se parle plus et tout d'un coup, elle téléphone, comme ça pour bavarder ? Elle n'est pas bien. La discussion a duré cinq minutes. Au bout d'un court instant, je n'avais plus rien à lui dire alors j'ai abrégé.

Je l'ai aperçue à l'enterrement de mon cousin, de loin, j'ai dit ouh la… j'ai fait semblant de ne pas la voir.

Allô, il est huit heures moins cinq, je suis déjà au restaurant, je pense que tu es en chemin, je t'attends, à tout de suite.

Allô, il est 19 h 15, nous t'attendons.

Essaye de venir tôt, vers 6 h 30 – 7h, pour nous aider à préparer un peu, les invités doivent arriver vers 8 h 30.

Je t'embrasse et je t'aime beaucoup.

Je t'ai attendue pour te dire au revoir. Je te souhaite un joyeux Noël en compagnie de tes amis. Je suis près de toi en cette période de fin d'année. Tu peux m'appeler si tu le souhaites.
Je te laisse de l'argent au cas où il manquerait quelque chose à la maison.

Ma chérie, je n'ai pas oublié ton anniversaire et pense à toi. Les paysages sont magnifiques et les gens très calmes, très courtois. Je t'embrasse, à bientôt.

N'ayant pas ton adresse dans le Sud pour te souhaiter un bon anniversaire le moment venu, je le fais avec quelques jours d'avance. Je serai toujours là en toute circonstance et t'enveloppe de mon affection. P-S Un chèque pour t'offrir ce qui te fait plaisir + mon itinéraire.

Je pense très souvent à toi et t'adresse mes pensées les plus affectueuses depuis ce grand pays où j'accumule les souvenirs merveilleux.

Demain, nous allons visiter un village zoulou. Je te raconterai ça. J'espère que tu vas très bien et que le moral est excellent.

Faute de fleurs naturelles, je t'envoie cette carte aux couleurs éclatantes. J'ai une pensée pour toi de ce pays magnifique avec des paysages très variés. Tout va bien ici. J'espère te retrouver bientôt.
Voici de l'argent pour acheter tes chaussures et autre chose si tu veux.

Avec tous mes sentiments à ma chérie que j'aime beaucoup et à qui je souhaite une grande réussite professionnelle.

Bonsoir, il est minuit ici, l'heure de dormir, et chez vous à Paris, il est seulement 7 h. Je te rapporterai plein de souvenirs pour te faire partager cette expérience unique.

Je pense souvent à toi durant ce voyage passionnant et aimerais que tu connaisses aussi cette partie du monde.

Ma chérie, ci-joint un chèque de 10 000 F que tu me rendras quand tu pourras, à ta convenance.

Un mot pour te dire que je suis bien arrivé, mais l'ambiance est très mauvaise. Tous les cafés et restaurants sont vides, le soir il n'y a pas un chat dans la rue. J'en saurai plus à la fin de mon séjour. J'espère que tu es en pleine forme.

Ma chérie. Encore une fois je ne serai pas là pour t'embrasser, te tenir dans mes bras et te souhaiter un bon anniversaire. Mais tu sais que tu es dans mon cœur en toute circonstance et surtout à cette occasion.

En ce qui me concerne, j'essaie de venir au bureau tous les matins, non pas que ma présence soit nécessaire mais ça occupe partiellement ma journée. Le reste du temps, je vais à la piscine, au cours de bridge mais tout ceci ne remplit pas vraiment ma vie qui est souvent creuse, n'ayant pas d'objectifs précis ni de projets intéressants. Mais Dieu merci, je ne me plains pas j'ai beaucoup de chance d'avoir mes trois enfants que j'adore et qui me donnent beaucoup de joie.

Pour ma part, je vais bien quoiqu'un peu fatigué. J'ai mal à l'épaule depuis bientôt un mois. J'ai vu un rhumatologue, il m'a donné du Voltarene, ça soulage mais ça détraque l'estomac.

MA CHÉRIE JOYEUX ANNIVERSAIRE BONNE SANTÉ SUCCÈS PROFESSIONNEL TOUT LE BONHEUR QUE TU MÉRITES.

Ma chérie, je te laisse une enveloppe pour l'achat de ton livre et de ton maillot. J'ai été content de te voir hier malgré la petite contrariété.
Qu'est-ce qui te ferait plaisir ? Un colis avec des fruits secs, du chocolat ? Un camembert ? Je vais t'acheter des biscuits, des confiseries… Tu aimes les dattes ? Si je prenais du nougat, ça ne craint pas la chaleur.

Voici comme promis quelques friandises : du thé, des figues, des abricots et des bananes séchés, des dattes, des mini-calissons, du chocolat fourré au praliné, du noir extra… Ici, tout va très bien à part ma sciatique qui n'en finit pas et m'empêche de marcher.

Nous avons parcouru la ville avec le plan : je crois qu'on a tout vu. Les monuments, la cathédrale, le… la grande avenue où il y a tous les magasins, c'est beau mais quelle cohue… on a marché toute la journée. Je n'en peux plus. Si je pouvais m'asseoir dans une brouette et me laisser traîner jusqu'à l'hôtel ! Je n'ai pas peur du ridicule !

Tu as passé une bonne journée ?
Eh bien finalement, je suis resté dans ma chambre d'hôtel, avec ce temps, on n'a pas très envie de sortir. Le vent, la neige… J'ai fait un tour en t'attendant, les rues piétonnes… enfin, c'est la même chose partout.
Faire du tourisme et visiter, tu sais… Je suis là pour te voir. Que l'on passe une soirée ensemble, un soir ou deux, ou qu'on déjeune et dîne au restaurant à midi et le soir, et le reste du temps, fais ce que tu as à faire : on se retrouve quand tu peux.

Tu as des rendez-vous ce matin ? D'accord ma chérie, vois les gens que tu dois voir, prends tout ton temps, ne te soucie pas de moi et quand tu as fini, on se donne rendez-vous à l'heure qui te convient.

On peut se retrouver ce soir. Si tu connais une bonne adresse… je voudrais t'inviter au restaurant.

Moi je suis un profane, je ne sais pas juger. Mais je peux t'assurer que j'ai beaucoup aimé.

Pourquoi ne pas inviter vos amis, nous pourrions faire un grand dîner.
Propose à tes copains de venir un vendredi soir.

J'aimerais que l'on choisisse un jour dans la semaine où l'on décide de se réunir, disons le vendredi, pour dîner tous ensemble et bavarder, discuter, plaisanter. On ne se voit jamais.

Allô ma chérie, on se retrouve toujours demain mais si ça ne t'ennuie pas de venir à la maison, cela m'arrangerait parce que je suis un peu fatigué en ce moment, et il y a tellement d'embouteillages, c'est difficile de se garer. Alors si tu veux bien, on mangera un poisson au four.

Si tu veux venir dormir à la maison de temps en temps le week-end, tu sais que tu as toujours ta chambre. Il y a plein de choses au réfrigérateur, la machine à laver, ton linge est repassé, ton lit est fait.

Je t'ai rapporté des cadeaux, tu veux les voir ? Alors, pour commencer : un collier… Ça te plaît ? Je l'ai choisi en espérant qu'il serait à ton goût, avec vous, je ne sais jamais. Ensuite un grand T-shirt… Un sac en cuir d'une marque très connue là-bas. Tu aimes ? J'ai demandé conseil à une amie du groupe, je me suis dit comme c'est une femme, elle saura ce qui est à la mode. Après : une coupelle en jade où ranger tes bijoux et un pagne en coton pour aller à la plage, ils appellent ça un paréo.

Il y avait des sacs superbes, des valises… mais je ne sais pas ce que vous aimez, j'ai toujours peur de me tromper. Il faudrait que tu viennes un jour pour me montrer ce qui te plaît comme ça je saurai pour la prochaine fois.

Je t'ai pris un souvenir, c'est une chaîne en argent. Il y a le bracelet assorti.
N'est-ce pas ? Ah oui, quand je l'ai vu, cela m'a tout de suite plu.

J'aimerais t'offrir un beau bijou, un bracelet, une bague, seulement j'ai l'impression que tu n'en mets pas.

Le jour où tu es disponible, un samedi après-midi ou en semaine comme tu préfères, je peux t'accompagner dans les boutiques : tu essayeras un pantalon, une veste, un chemisier... tu choisiras ce qui te plaît.

Quelquefois, je rends visite à mon ami qui a un magasin, il vend des anoraks, des chemises, des blazers... mais je n'ose pas vous en acheter parce que je vois que ça vous convient rarement.

Tu viens utiliser la machine à laver, tu ramasses ton courrier... Jamais un mot gentil, tu es toujours pressée.

J'aimerais que nous ayons un entretien à propos de nos relations. Il n'y a pas de dialogue entre nous, on ne se voit jamais, je ne sais pas ce que tu fais, on se croise en coup de vent. Il faut éclaircir cette situation.

Non, pas très bien. J'ai beaucoup de problèmes au bureau, avec Rosine on est en froid. Elle se plaint du matin au soir. Je vais vers elle et elle m'accueille par des soupirs. Vous, vous avez vos vies, chacun fait ce qu'il a à faire.

Je vous demande de participer, de préparer quelque chose, une salade, une omelette, afin de se réunir autour d'une table et d'avoir l'occasion de parler.
Un mot gentil pour dire comment ça va, la journée s'est-elle bien passée.

Tu m'as l'air fatiguée. Tu as les traits tirés.
Je t'ai pris des galettes à l'orange pour le matin, c'est très bon avec le café.
Veux-tu quelques yaourts ? Il y en a plein, j'en ai acheté un gros paquet. Va te servir. Des fruits, tu veux des fruits ? Prends des oranges, des prunes..., je te les mets dans un sac. Un bout de gâteau ? Il est au chocolat. Pour le café demain matin.

Voilà le reste du poulet. Moi je ne le mangerai pas.

Tiens, je l'ai acheté pour toi à Saint-Paul. Je sais que tu aimes ça.

Je suis passé à Saint-Paul ce matin et je t'ai pris des parts de gâteau au fromage.

Tu veux des molossols?

Un peu de viande. Je te la mets dans une boîte, tu la feras réchauffer demain.

J'ai découvert un marché fabuleux à La Chapelle. Dorénavant, j'y vais en voiture le dimanche et je remplis le réfrigérateur pour la semaine. Des fruits, des légumes, il y a tout. Je pourrais t'acheter des citrons, quelques poivrons, du chou… Fais-moi une liste avec ce dont tu as besoin, je te mets tout dans un sac à la maison et tu viens le chercher dans la journée.
Tu as la clé, passe quand tu as envie.

Tu peux rester encore un peu et regarder la télévision. Comme tu veux ma chérie.

Prends un petit chocolat.

Viens courir avec moi au bois. Ça fait du bien. Il faut se forcer un peu.

Si tu veux venir un jour à la piscine, on pourrait passer la journée là-bas.

Ah oui, la batterie de ce téléphone est très dure à enlever, j'ai le même.
Eh bien, parfois, je le fais tomber par terre et il s'ouvre tout seul.

Tu m'expliqueras le mode d'emploi?
Il faut que j'apprenne à me servir de ce magnétoscope, depuis deux ans je ne l'ai pas encore utilisé.

Quelles cassettes faut-il prendre encore ? Je vais le noter.

— Pardon madame, la rue de Maux ?
— Alors, vous continuez tout droit sur 200 mètres, ensuite vous allez voir un feu, vous le passez, puis au deuxième carrefour, vous prendrez sur la gauche, vous roulez sur 100 mètres, il y aura une épicerie, ce sera la première à droite.
— Merci beaucoup.
Tu as retenu ? moi je n'ai rien compris.

C'est sinistre ces coins. Tu te verrais habiter par là ? Oh la. L'hiver, ça doit être lugubre.
C'est étonnant tout de même, quand tu observes les passants. Il n'y en a pas deux qui se ressemblent. Des milliers de gens sur terre et chaque visage est différent.

Il faut manger ! Imagine une voiture : si tu ne mets pas d'essence, elle tombe en panne.

Qu'est-ce qu'on peut faire ? Il n'a pas de quoi payer, il n'a pas de quoi payer. On ne peut pas tondre un œuf.

J'ai un contrôle fiscal. Ils m'ont envoyé une mignonne qui met son nez dans les moindres détails, elle me fait sortir des papiers… Je ne sais même plus ce que j'en ai fait. Au début, j'essayais de la décoincer, j'arrivais le matin de bonne humeur et avec les croissants, mais c'est une garce, elle est inébranlable.

Allez mademoiselle, il faut plaisanter ! Vous voyez, je rigole !

Je vois que vous êtes charmante et sympathique, j'espère que vous allez défendre le dossier.

J'ai toujours bien gagné ma vie et, grâce à Dieu, j'ai pu vous apporter le nécessaire. Mais si ça n'avait pas été le cas, j'aurais fait autre chose. Il n'y a pas de travail? Qu'à cela ne tienne! Je peux changer de métier : s'il faut, je vais gratter la terre avec mes mains, je me réveille à 6 heures du matin pour partir dans le froid. Ce n'est pas tout de faire des enfants. Pour montrer qu'on n'est pas puceau? Ça c'est une bagatelle. Après, il faut les élever, leur donner une éducation, leur payer des études.

Je te dis, tu es pâle, tu as l'air épuisée. Prends des vacances, pars une semaine à la campagne. Je te paye le billet. Va t'aérer! C'est nécessaire : on a besoin de se reposer. Propose à une amie. Nage, promène-toi, fais la grasse matinée, tu reviendras transfigurée.

Il ne veut pas? Eh bien tant mieux! Tu t'imagines vivre avec lui, non mais, c'est une anomalie. On se demande où tu l'as ramassé.

Tu as besoin d'un homme équilibré, qui ait la tête sur les épaules. Regarde autour de toi!

Quant à... comment s'appelait-il... ah il était spécial aussi.

Mais tu es myope ou quoi? Tu ne vois rien? Avec tes qualités, tu es bien éduquée, instruite... Moi, pour moi il est perturbé. C'est un type qui a des complexes.

De nos jours, on ne fait rien sans un minimum de revenus. Il faut payer un loyer tous les mois, de temps en temps s'offrir un beau costume, aller au restaurant. Si l'on a des enfants, il faut leur donner des jouets, des affaires pour l'école.

On ne peut pas rester ainsi à toucher le chômage et à flâner aux puces pour trouver des bibelots.

J'ai acheté des cadeaux pour la famille américaine. Du parfum pour les filles, un foulard en soie pour la femme et une cravate pour lui.

Je t'ai rapporté du chocolat de l'aéroport.
J'ai pris des cosmétiques en duty free.

Tu me diras quelle crème tu mets pour que je sache la prochaine fois. Avec vous c'est très difficile, j'ai peur de me tromper.

Je te donne de l'argent pour une paire d'escarpins et tu te pointes en sandalettes ! J'en ai assez, assez. Ça va pour mettre avec un jean, mais pas une jolie jupe. C'est sport ! On ne met pas des chaussures sport avec une jupe ! Tu as l'air attifée pour Mardi gras.

On est invités chez ma sœur et vous mettez un col roulé ? C'est pour me prouver quelque chose ? Vous voulez me blesser ? Le soir où l'on dîne en famille, tu mets ce vieux tricot alors que tu as plein de chemises repassées ?

Tiens, prends les fleurs, tu lui donneras, c'est plus gentil.
Moi je vais monter à pied parce que ce gros bouquet prend toute la place dans l'ascenseur.

C'est bon cette herbe parfumée dans la salade… c'est quoi, du persil plat ?

J'ai découvert un restaurant… des gens charmants : aussitôt arrivé, on t'apporte un apéritif maison. Pour un prix fixe, il y a toute une série d'entrées, une carte au choix… du poisson, de la viande, une salade verte, un plateau de fromages, un dessert et le vin compris, café, plus une assiette de truffes. Et puis une bonne ambiance… le patron vient lui-même saluer les clients, il fait le tour des tables, ah ça m'a beaucoup plu. Je vous y emmènerai.

Je ne sais pas comment ils font pour proposer autant de choses et rester si peu chers. D'ailleurs c'est presque trop ; je n'en pouvais plus. J'étais presque malade… Mais vraiment, il faudra qu'on y aille.

Ça va en ce moment, le moral est bon ? Tu es contente de ce que tu fais, de ton travail ? Eh bien, je suis heureux pour toi.

Allô, tu te plais en Hongrie ? Tu as connu des gens intéressants ? Tu t'es fait des amis ? Tu fais partie d'un groupe ? Tu sors un peu ? Ça t'apporte quelque chose ? C'est positif en somme ?

Alors, avec ton fiancé ? Vous avez des projets ?

Le jour où tu me diras que vous avez des projets, à ce moment-là, on verra.

C'est un problème sans fin. Elle ne veut pas déménager. Elle a ses habitudes chez elle. Quant à moi je suis bien ici, je ne veux pas quitter mon appartement. Et habiter sous le même toit, c'est impensable : elle me ferait faire des cauchemars, sans arrêt des lamentations, des jérémiades.

En même temps, j'aurais besoin d'une femme, qui prépare à dîner, avec qui je discute, que l'on échange quelques paroles, qu'on parle un peu.
Alors je ne sais pas quoi faire. Par moments je me dis qu'elle pourrait venir vivre avec moi, mais quand j'y réfléchis je vois que c'est impossible. Un jour son fils est enrhumé, une autre fois, elle a pris une contravention, après viennent les vacances, il faut se décider – c'est un problème –, les histoires de famille. Il y a toujours une raison.

Mais quelquefois, je me dis qu'au fond, nous avons des affinités, les mêmes fréquentations et puis elle a des qualités, elle est serviable, elle sait recevoir, elle fait toujours de très belles tables.

Rosine m'a proposé de partir en vacances avec ses amis en juillet. J'avoue que ça ne me dit rien du tout. Leurs enfants sont grossiers… Ils parlent fort… Et puis la femme est très vulgaire, je ne peux pas la voir.

Il paraît qu'il existe un système dernier cri pour implanter les cheveux sur la tête, ils en arrachent derrière et les mettent sur le crâne ; j'ai envie d'essayer.

Ça vieillit les cheveux gris. Qu'est-ce que vous en pensez ? J'ai envie de les teindre en noir.

Un ulcère ? C'est un trou dans l'estomac.

Qu'est-ce que tu te fais à manger quand tu es seule ? Des pâtes, du riz ? Ah oui, je te comprends. Moi c'est pareil, je n'aime pas cuisiner des plats trop compliqués. Et quand tu reçois des amis ?

Où vas-tu faire les courses ? Tu as un supermarché dans ton quartier ?

Et ton amie qui faisait du dessin, comment s'appelait-elle ? Ça marche bien, elle travaille ? Ça lui plaît ? Tu m'as dit qu'elle était mariée ?

Et celle avec qui vous étiez partis en Italie ? C'est ça, j'oublie toujours son nom.
Qu'est-ce qu'elle faisait déjà ?
Et ta copine américaine ? Comme elle était souriante ! Elle a un charme… Ah je l'aime beaucoup.

J'ai vu un très bon film avec, tu sais là, cette actrice américaine, ah……… ça va me revenir… Qu'elle est jolie ! Et un sourire ! Elle joue le rôle d'une femme très dynamique, active, dont l'ami était divorcé et père de deux enfants. La maman essayait de leur monter la tête, elle était jalouse, aigre. Elle l'accusait d'être une écervelée. Finalement, petit à petit, à force de bonne volonté, d'efforts, on l'acceptait dans la famille. Bon, au début c'est vrai, elle ne savait pas bien s'y prendre, elle laissait déborder le lait, des affaires qui traînaient partout… Et puis la mère apprend qu'elle est malade alors elle met un peu d'eau dans son vin et à la fin ils fêtaient Noël tous les cinq. Ah j'en avais la chair de poule.

Maintenant le soir, je vais au cinéma, il y a une salle à côté de la maison, j'ai pris un abonnement et je vois tout ce qui sort.

Hier, je me trouvais sur les Champs-Élysées vers 18h après un rendez-vous. Il pleuvait à torrents, je me suis engouffré au cinéma et j'ai vu un film comique très amusant avec cet acteur un peu gros… ah la la, c'était drôle, je t'assure, va le voir, ça va beaucoup te plaire.

À mon âge, ça n'est pas marrant. Vous avez vos activités, je ne peux pas vous demander de venir tous les jours. Je suis là comme un lion en cage dans mon appartement, je tourne en rond… J'aurais besoin de partager le quotidien avec une femme.

Comme par hasard, quelquefois, le courrier se perd. Des lettres n'arrivent pas. Mais grâce à Dieu, les impôts et factures, on les reçoit toujours.

Envoie-moi un petit mot, ça me fera plaisir.

Si tu as le temps, écris une carte à ton frère et ta sœur pour qu'ils sentent que tu penses à eux.

On revient toujours vers ses origines. Moi j'ai besoin de respecter la tradition, j'aime ce moment de la prière… Cela me rappelle le passé. C'est tout ce que j'ai. Si l'on me coupe de mes racines, je dépéris. Je ne peux plus marcher.

Pour l'instant, tu dis que tu n'aimes pas les bijoux, mais avec l'âge, on évolue. Tu as le temps de changer. D'ici quelques années, peut-être voudras-tu porter l'alliance de ta grand-mère, il faudra refaire la monture parce qu'elle est démodée mais la pierre est splendide.

Et ces manteaux de fourrure que j'ai mis dans un garde-meuble, cela ne vous dit rien ? C'est dommage, ils prennent la poussière, les mites…
Je vais finir par les donner. La fourrure, ce n'est pas tellement ton style, j'ai l'impression. Enfin, réfléchissez, voyez si vous voulez les mettre ou les garder, moi je ne veux pas prendre d'initiative. Vous décidez entre vous et vous me dites.

Si j'avais su, ces manteaux de ta maman, je les aurais donnés tout de suite. Ils étaient moches. Qui est-ce qui va porter ça aujourd'hui ? Ce sont des modèles démodés.

C'est comme cette argenterie qui noircit à la cave, personne ne l'utilise.

Un jour il faudrait que vous regardiez dans les placards, je ne sais même plus ce qu'il y a là-haut. Jetez un œil et prenez ce qui vous intéresse.

En affaires, quelquefois, je me retrouve dans une impasse et je ne sais pas quoi faire, je tourne le problème dans ma tête, j'ai des angoisses… Je n'en dors pas la nuit. Et voilà qu'au dernier moment, souvent, tout s'éclaircit. Un jour, avec mon associé, on avait acheté un immeuble. On l'aurait donné au premier venu. Cela faisait des mois qu'on attendait à se faire un sang d'encre, et voilà le hasard : à 18 h un vendredi, quelqu'un appelle « Monsieur, j'ai entendu parler d'un lot de bureaux à tel endroit » « ah oui Monsieur » « ça m'intéresse, je vous en offre tant, si toutefois vous acceptez la proposition… ». Il nous donnait plus que le prix voulu ! J'ai dit « eh bien Monsieur, il y a déjà quelqu'un qui est intéressé mais je vais réfléchir, je vous rappelle ». Et c'est comme ça qu'on a vendu.

Je dis toujours : il y a une bonne étoile. Le Bon Dieu serre la corde autour du cou, il serre, il serre, mais ne va pas jusqu'au bout. À la dernière minute, il relâche la pression et il te dit « Allez, tâche de bien continuer, tu dois faire des efforts. »

En ce moment au bureau, on regarde les mouches voler. Il n'y a rien à faire. J'y vais pour dire qu'il y a quelqu'un, il faut bien une présence, mais à vrai dire, c'est mort.

On est comme ça, le nez en l'air.

Aujourd'hui, si je voulais, je pourrais terminer mes jours très confortablement, faire des croisières, de beaux voyages, m'offrir des 4 étoiles. Mais je suis raisonnable. Et puis ça ne m'intéresse pas. Le fruit de mon travail est pour vous.

Mais comment vas-tu faire si tu dois partir à la fin ? Même si tu pédales vite jusqu'à chez toi, tu n'auras pas le temps d'installer le buffet, les invités vont t'attendre à la porte. Je te propose une chose : dis-moi ce dont tu as besoin, donne-moi une liste avec tout ce que tu veux et je vais faire les courses avant. Ça te permet de rester un peu, de parler avec tes amis après la projection, et pendant ce temps moi j'avance en voiture, tu me confies tes clés, je mets la table et je prépare. Qu'est-ce que tu veux, des poivrons, des salades, des pistaches, des olives, du raisin noir ? Le pain, tu t'en occupes. Alors je prends le reste. Est-ce que vous serez quinze ou vingt ? Tâche de me le dire d'ici demain.

Je t'ai pris un kilo d'amandes, des cacahouètes, des fruits, des aubergines, deux tortillas, du vin, des jus d'orange pour ceux qui ne boivent pas d'alcool…

Tu as vu cette belle table ? On a tout préparé.

J'ai beaucoup apprécié. Je ne dis pas ça pour te jeter des fleurs. Et mon amie aussi m'a dit qu'elle trouvait ça très bien.

Je te l'ai présentée ? C'est une fille que j'ai rencontrée au bridge. Elle est divorcée avec deux enfants, alors on sort ensemble à l'occasion.

Comment tu l'as trouvée ? Oui elle est bien…
Bon ma chérie, je te laisse avec tes amis, on va rentrer.

Je me suis inscrit à un cours de bridge. Mais alors je n'y comprends rien. Le professeur nous explique à chaque fois, et d'une semaine sur l'autre, j'ai tout oublié. Alors j'essaye quand même, il paraît que quand on sait jouer c'est fabuleux.

Ça commence à rentrer. Avec les exercices, je me sens plus en confiance. Au début j'avais peur de ne jamais y arriver. Ça n'est pas évident !

Si tu voyais ce cours : il n'y a que des vieux… Que veux-tu, c'est un passe-temps, il faut bien s'occuper.

Je vais au bridge, à la piscine, je fais du sport, je cours au bois, je vais en randonnée, mais tout cela c'est l'arbre qui cache la forêt.

Je me rends au bureau tous les matins, même si pour le moment il n'y a pas grand-chose à faire, au moins je ne reste pas chez moi.

Un ami m'a parlé du golf : apparemment c'est très intéressant. Je me suis inscrit à un cours débutants… on commence la semaine prochaine. Pour ceux qui aiment, on dit que c'est passionnant.

A priori, marcher des heures en plein soleil pour pousser une balle avec une canne ça ne m'attire pas beaucoup mais on ne sait jamais. D'après les amateurs, une fois qu'on a mordu, on ne peut plus s'arrêter.

Je crois que c'est un sport de patience.

Eh bien tu vois, c'est étonnant, je n'accroche pas avec le bridge.

Je fréquente une nouvelle copine… elle est sympa, mais j'avoue hésiter avec une autre, une très belle femme que j'ai connue par des amis, malheureusement elle a beaucoup de problèmes. Elle est très tourmentée. Mais je ne me décourage pas. Regarde, je vois qu'à mon âge, je peux encore séduire, plaire à quelqu'un… je suis le premier étonné. Il faut tenter, pourquoi ?

Lors d'une soirée, j'ai rencontré une femme qui travaille dans le cinéma, elle m'a expliqué ce qu'elle faisait mais comme je ne connais pas bien je n'ai pas retenu. J'ai pris sa carte à tout hasard, si ça peut te servir… Je lui ai dit que tu faisais des films aussi. Tu peux l'appeler à mon avis, elle est charmante.

Mais ces vidéos que tu fais, tu peux les vendre ? Il y a des acheteurs ?
Et dans l'exposition, tu vas montrer des films ?

Alors ce ne sont pas des peintures.

Et ton voyage s'est bien passé, tu es contente de ton travail, tu as pu faire ce que tu voulais ?

Je ne supporte plus de rester dormir sur place : il n'y a rien ! Et puis c'est des hôtels dortoirs. Le matin, tu descends dans une salle vide, on te laisse un thermos d'eau chaude avec du Nescafé. Je préfère payer plus, mais au moins avoir un buffet, des œufs, du jus d'orange.

Je suis à mon hôtel, tu n'as qu'à me retrouver ici, je t'attends à la réception et comme ça nous irons dîner. Si tu me donnes une adresse en ville, j'ai peur de m'égarer, je ne connais pas les rues. Alors si tu veux bien, passe quand tu peux, je ne bouge pas, on partira ensemble.

Tu veux qu'on aille au restaurant ce soir ? Avec plaisir, où ça ? Vers Saint-Germain… ah… le problème, c'est pour se garer, il n'y a jamais de place là-bas. Écoute, si ça ne t'ennuie pas, je te propose de venir à la maison, on ira dans le quartier, il y a tout : chinois, français… et en sortant, je te dépose au métro.

Je vais te raccompagner.

Tu ne vas pas rentrer en métro. Je t'appelle un taxi.

C'est dangereux ! Il y a des hommes avec des armes !

Tant que ta sœur n'est pas rentrée, je ne suis pas tranquille.

Bon voyage ma chérie, appelle-moi pour me dire que tu es bien arrivée.

J'aimerais récupérer la clé de chez moi. On ne sait jamais, j'ai envie d'être indépendant, tu n'auras qu'à m'appeler si tu passes dans le quartier.

Tu as pensé à m'apporter ta clé ?

À partir d'aujourd'hui c'est terminé.

Prends des yaourts aux fruits, tu n'en veux pas ? Il y en a trop ! moi je ne mangerai jamais tout ça.

Ne dis pas que c'est chez moi, c'est ta maison aussi. Il faut dire c'est chez moi. D'ailleurs, si quelquefois le soir, tu n'as pas le courage de rentrer, tu peux rester dormir. Il y a tout ce qu'il faut.

Il faut sortir ! Danse, va en boîte ! Maquille-toi, mets une minijupe. Souris ! Je te vois crispée, rembrunie. Tu as besoin de t'amuser. La vie passe vite ! Par moments, je te vois faire des yeux... ça me chagrine, je dis mais ma parole, on dirait un hibou.
Plaisante, rigole : tu vas attirer les regards. Si tu es renfrognée, personne ne vient vers toi. C'est angoissant ! On n'a pas envie de voir quelqu'un qui se tait.

Je me sens fatigué, j'ai des étourdissements, je reste au lit. Sinon, quand je me lève, j'ai le pied marin. Il paraît que c'est les soucis, je suis très angoissé.

Je voulais prendre un Batman pour le petit, on m'a indiqué un grand magasin spécial paraît-il, pour les jouets, une chaîne américaine, si tu voyais, il y en a partout ! Des quantités ! Alors je ne te dis pas pour s'y retrouver. J'ai demandé à une vendeuse mademoiselle aidez-moi, vous serez aimable, je suis perdu, alors elle m'a amené jusqu'au rayon, mais quand j'ai vu ce que c'était j'ai dit je ne peux pas acheter ça. C'était horrible à voir ! Des trucs énormes en plastique avec des couleurs !

J'ai pris une voiture à roulettes pour le cadet. Qu'il est mignon ! Il rit tout le temps ! Son frère lui donne des coups, le frappe, lui tire les cheveux, le fait tomber sur le carrelage et il rigole ! Vraiment, il est extraordinaire.

Viens, n'aie pas peur ! Tu aimes les autocars ? Comment elle s'appelle elle ? Tu sais qui c'est ?

Tu as une tache ici!

Quelle main? Choisis. Celle-là? Tu es sûr? Un, deux, trois. Oh!
Où il est? Oh, derrière le coussin!

Il y avait la fille de mon neveu. Qu'est-ce qu'elle crie fort!

Comme c'est bruyant! Un hall de gare.

Si ça ne t'ennuie pas, on va dîner à la maison, c'est calme. Au restaurant, on ne s'entend pas. Viens à l'heure que tu veux, sept heures, sept heures et demie.

Reste un peu si tu as envie, tu peux regarder la télé.
Comme tu voudras. Tu dois te lever tôt demain? Et ton travail, comment ça va? Eh bien tant mieux. Je suis content pour toi. Ça te plaît, tu es contente.

Hier, j'ai regardé ce film avec Michel Simon. Ah, c'était beau! Ça se passait pendant l'occupation chez un vieux campagnard antisémite qui hébergeait sans le savoir un enfant juif et le petit garçon ne devait surtout pas dire son vrai nom. Le soir, il récitait sa prière face au crucifix… Régulièrement, il s'amusait à taquiner le vieux, il lui disait «à quoi on les reconnaît les Juifs pépé?». Et tu les voyais discuter… Mais quel acteur, il est extraordinaire. C'est un génie.

Ce soir il y a un bon western!

On pourrait dîner dans ce restaurant, comment c'est déjà, les Tourelles? ou les Tournelles?

Il y a un restaurant très bien, ça s'appelle les Tourelles, ou les Tourelles.

C'est quoi cette herbe? Elle en met très souvent dans la salade.

Et avec ton nouveau copain, vous avez des projets ?

C'est qu'il faut commencer à y penser, les années passent. J'aimerais connaître tes enfants.

D'accord. Je suis content de savoir que tu y penses. Tant mieux.

Ah bon, ça me rassure. Avec toi on ne sait jamais, comme tu ne parles pas.

Elle a eu un garçon ?

Mais elle n'est pas mariée ?

J'ai invité la fille de Gérard Latortue. Comment tu la connais à peine ? C'est presque une sœur pour vous, c'est mon meilleur ami.

La vaisselle disparaît dans cet appartement, je ne comprends pas. Elle est escamotée dans un trou noir... Je rachète des couverts, des tasses, des carafes, des soucoupes et tout ça se volatilise.

J'ai changé mon autoradio. Je t'ai fait installer l'ancien, comme tu n'en avais pas.

Alors, comment marche l'autoradio ? Il grésille, hein ? Ah oui, c'est ça, je crois qu'il est un peu cassé. Pourtant je l'avais acheté récemment.

Comment s'est passé ton séjour ? Il y avait une piscine ? Vous n'avez pas souffert de la chaleur, parce que j'ai entendu qu'il avait fait très chaud. Tu es rentrée lundi ? Samedi ? Et c'est une belle région. Il paraît que c'est vert. Vous avez bien mangé ? Quelles sont les spécialités du pays, c'est surtout du poisson je crois, du thon, des calamars.

Essayons de nous voir un soir de cette semaine. Appelle ta sœur et décidez ensemble un jour qui vous convient. Vous vous mettez d'accord et tu m'appelles ensuite.

Si cela t'intéresse, à Sète, j'ai un ami installé depuis des années, un ancien camarade, on a fait nos études à Montpellier. Je peux te retrouver son numéro. S'il a du temps, il pourra te faire visiter, t'emmener boire un verre en ville.

Et à présent chez toi, tu es bien équipée ? Tu as des chaises, une table ? Il ne fait pas trop froid ? C'est bien chauffé ? C'est éclairé ?

Ses petits m'ont rendu fou. Le dernier veut monter sur un manège, le grand pleure parce qu'il veut une glace, celle-ci veut acheter un vêtement. Et lui ne dit rien, une patience ! Ils sont les rois, dès qu'ils ouvrent la bouche, qu'est-ce qu'il y a ma chérie ? Tu veux un esquimau ? tu veux monter sur le poney ? Il leur passe tout.

Vous voulez aller à la foire du trône ? D'accord. Tu veux faire un tour sur la roue géante ? Quoi, une barba-papa ? Tiens ! Va t'acheter une friandise ! Tu veux une gaufre ? Où ça ? Dans la maison hantée ? Tout ce que tu veux ma chérie, amuse-toi. On est ici pour ça !
Pourquoi non ? Tu es trop raisonnable !

Le jardin d'acclimatation ?
À la piscine ? Je vous emmène.
Qu'est-ce que tu veux ? Des disques ? Prends ce qui te fait plaisir. C'est tout ? Tu n'en veux pas un autre ? Allez, je sens que celui-là te plaît.

Que voudrais-tu pour ton anniversaire ? Je vais te faire un chèque et tu t'achèteras ce que tu veux.

Moi ? Rien. Un petit coup de téléphone, que tu m'appelles pour me souhaiter bonne fête.

Je ne sais pas, une belle cravate.

Si tu n'as pas d'idée, achète-moi une jolie cravate.

J'ai mis ta cravate aujourd'hui ! Je l'aime beaucoup.

Rapporte-leur un petit cadeau, n'importe quoi, un souvenir.

Eh bien dis donc, ma cousine, c'est tout ce qu'elle t'a offert ? Elle ne s'est pas foulée. Quand je pense que je lui ai fait un très gros chèque pour la fête de son fils.

Il faut quand même que je trouve quelque chose pour ces amis qui me reçoivent : une babiole, un bibelot.

C'est mon cousin qui t'a fait ce cadeau ? Il ne s'est pas moqué de toi.

Ils sont venus dîner à la maison, au début ils étaient gênés, ils osaient à peine se servir mais je les ai détendus. Il suffit de plaisanter.

Ne soyez pas timides ! Encore un peu ?

Ça n'est pas terminé, il y a le gigot.

Il faut garder de la place pour le poulet !

Mangez, servez-vous bien.

Tu me diras si tu viens chez ma sœur, elle nous invite à dîner lundi soir.
Avec sa maladie c'est un effort pour elle.

Elle demande toujours après vous, vous lui manquez. Alors réponds-moi ce soir ou demain.

Il y a deux ans, je me souviens, tu étais venue en blue-jean. Ah la la, vraiment.

Qu'est-ce que c'est que ces chaussures ? Ah non, si c'est pour arriver en espadrilles tu restes à la maison.

Vous ne parlez pas, vous restez cois : j'ai l'impression d'avoir commis une faute. Si vous trouvez que je suis un con, il faut me le dire, mais au moins que je sache.

Puisque je n'existe pas pour vous tant pis, je n'ai qu'à m'en aller.

Je ne suis bon qu'à signer des chèques et à vous payer ce qui vous fait plaisir.

Je ne veux plus te voir. Tu n'as qu'à boucler ta valise et partir dès demain.

Mes mots ont dépassé mon intention. Mais tu sais bien qu'au fond je ne pense pas ce que j'ai dit. Je me suis mal exprimé.

Maintenant c'est fini, je ne supporte plus ces relations, et puisque c'est comme ça il vaut mieux prendre une décision. Je partirai, je vous laisserai de quoi vivre et vous vous débrouillerez.

Vous êtes la prunelle de mes yeux.

Ça va. Et toi ? Bon. Alors au revoir.

Bonjour. Non. Pas très bien.
Comment ?
…
Tu n'es pas très causante.

Tu as eu ta sœur ? Elle ne m'a pas appelé depuis dix jours.

Je n'ai aucune nouvelle. Ben, on s'est parlé l'autre soir mais cela fait déjà trois jours. J'attendais un peu que tu m'appelles, que tu t'inquiètes de ma santé. Tu es toujours très occupée… Enfin, on sent que tu as mieux à faire que de téléphoner pour demander comment ça va.

Ça ne coûte pas grand-chose de passer un coup de fil à l'occasion pour bavarder un peu, échanger quelques phrases.

Je suis content que tu m'appelles, ah tu vois, quand tu veux.

Tu as trouvé un cadeau pour ta sœur? C'est bien. Voilà. De temps en temps, tu as un geste attentionné.

Tu veux venir m'aider à choisir un sac pour ta sœur? Si je prends selon mes critères, elle ne va pas aimer. Comme elle t'admire beaucoup, que tu es son modèle, quoi que tu dises, elle apprécie. Tu pourras m'orienter. Sinon quand ça vient de moi, ça ne lui plaît pas.

Je lui préciserai bien que c'est toi qui l'as choisi.

Tu crois que c'est son style? Je ne sais pas, je ne connais pas ses goûts. Souvent, je crois bien faire et je tombe à côté.

Je suis heureux de t'avoir vue ce soir. J'aimerais qu'on se voie plus souvent. Il faudrait qu'on essaye de se voir.

Tu as l'air éteint.
Tu es préoccupée?
Tu es soucieuse?
Tu es pensive?
Tu veilles tard en ce moment?

Ah maintenant je ne pose plus de questions. Si j'ai le malheur d'ouvrir la bouche pour savoir si tu es fatiguée ou quoi, tu fais des yeux… j'ai l'impression d'avoir commis un crime.

Eh bien oui, je suis maladroit, je ne sais pas demander : et alors, comment faut-il dire?
C'est délicat, on ne sait pas comment vous parler.

Essaye de savoir ce qu'elle a, toi tu sais lui parler.

Nous allons annuler.
Parce que.

C'est tout ce que tu voulais me dire ?

On ne se voit jamais, on dirait que vous avez quelque chose à me reprocher. J'aimerais comprendre.

Je ne sais pas utiliser les belles formules, m'exprimer comme il faut, employer les termes adéquats.

C'est regrettable. On se braque.
Je suis content que nous ayons eu cette discussion.
J'ai certaines qualités mais j'ai un gros défaut : je suis très orgueilleux.

Il arrive un moment où l'on est excédé. Avec tous mes efforts ? Entendre encore des réflexions ? Alors j'éclate. Je prends sur moi, je prends sur moi, mais trop c'est trop.

Mon vœu le plus cher est de vous voir équilibrés, sereins, que vous soyez bien physiquement et moralement.

J'ai une pensée pour toi devant toutes ces prières, je te souhaite le bonheur, la joie, l'amour… tout ce que tu désires.

J'ai beaucoup de soucis. Ah… des histoires. Ça n'est pas très intéressant.

Sur ma famille ? Que voudrais-tu savoir ?
Ce sont des gens que vous n'avez pas connus.

Quand j'arrive du bureau, je prends sur moi, je n'ai pas envie de vous embêter avec tous mes problèmes.

Mais dis donc, aujourd'hui, je trouve que l'on discute ouvertement! On aborde tous les sujets.

Par exemple avec mes parents, je me souviens, il n'était pas question d'évoquer la sexualité. Si l'un d'entre nous prononçait ce mot, il recevait une tarte.

On nous envoyait au cours d'instruction religieuse. Je ne voulais pas y aller. Pourquoi retenir ça par cœur? Mon père nous ordonnait «Apprends! Tu comprendras plus tard.»

Vous ne dites rien sur ce que vous faites, sur vos études, je ne sais pas précisément ce que c'est.

En quoi cela consiste exactement? Ah bon. Et ça te plaît comme travail, c'est intéressant?

Une petite bière? Tu partages avec moi?

Mais ton intervention sur ce tournage, c'est des décors de film? Tu ne joues pas dedans? Donc si j'ai bien compris, tu fais un peu de la décoration.

Et c'est intéressant? Ça te plaît, tu apprends quelque chose?

Et depuis le temps, tu t'es fait des relations dans ce milieu, tu as connu des gens?

J'ai une amie qui travaille dans le cinéma, je ne sais pas exactement ce qu'elle fait, productrice il me semble. Elle habite un hôtel particulier... superbe, arrangé avec beaucoup de goût. Et puis c'est une amatrice d'art. Elle a beaucoup d'objets, des sculptures, des tableaux... des toiles de maître... À mon avis, vous devriez bien vous entendre, et puis elle est très sympathique. Elle m'a dit qu'elle serait enchantée de te connaître.

La copropriétaire de cet immeuble est connue, c'est une architecte. Il paraît qu'elle voyage dans le monde entier... Mais un dragon. Elle est dure en affaires!

Je me suis déplacé parce qu'il y a des problèmes sur la terrasse.

Elle met des plantes là-haut, alors les feuilles bouchent la gouttière, elle emmerde tout le monde avec ses arbres.

Si tu voyais chez elle... À mon avis, tu aimerais toi. C'est une pièce immense : sans murs, tout est ouvert, tu as la baignoire au milieu, les affaires d'un côté... le lit, le canapé un peu plus loin... Rien n'est fermé... Il n'y a pas de portes, aucune cloison. C'est spécial. Moi je ne pourrais jamais habiter un appartement pareil. Avec la douche dans la salle à manger.

J'apprécie les quartiers résidentiels, verts, bourgeois, eh bien oui.

Je vais chez le libanais à côté de mon bureau, le patron est sympa, c'est devenu un copain. Je le tutoie, on se parle, on s'apprécie beaucoup. Quand j'arrive, il me tape dans le dos « alors, mon frère comment ça va ? ». On plaisante, on rigole.

Bonjour mon cher ami ! Quelle table est-ce que vous nous donnez ? Celle-ci ? Parfait. C'est la place des habitués ! Que nous conseillez-vous ? Un menu pour les bons clients ? Ah ! Préparez-nous l'assiette du chef, ce que vous voulez, je vous fais confiance. Avec un peu de tout, très bien.

Regarde-moi ces câbles et ces fils de télévision qui pendent sur la façade de ton immeuble ! On dirait la Médina.

Veux-tu un magazine pour le voyage ? Une friandise ?

J'ai pensé qu'on pourrait dîner en terrasse vers le bois de Boulogne, c'est frais et il fait tellement chaud ces jours-ci, c'est intenable. Alors vous me dites ce qui vous convient, si ça vous va, je réserve là-bas.

Il est joli ce pull, il est nouveau ?
Ah bon ? Je ne l'avais jamais vu.

J'ai vu un film horrible avec des explosions, de la violence, des... ouf ! pourquoi montrer tout ça ? tu voyais les blessés... un il a le bras qui pend, des plaies, du sang, horrible, c'était horrible.

Tu étais au cinéma ? Quel film as-tu vu ? Au Quartier latin ?

Tu veux qu'on aille dîner là-bas ? Pourquoi pas, c'est une bonne idée. Alors si tu veux bien t'en occuper. Tu réserves pour cinq.

Je suis invité au mariage du fils de mon cousin. Il n'a écrit que mon nom sur l'enveloppe. Je suis choqué. Si l'on n'invite pas mes enfants, je n'y vais pas.

Pendant l'été, nous pourrions partir tous ensemble : on choisit une semaine, vous me dites à l'avance quand vous êtes disponibles afin que je puisse réserver, je vous offre un séjour dans un très bel hôtel où vous voulez.

Tu voyages sur quelle compagnie ? Je vais essayer de voir s'il reste des places sur le même vol, comme ça on part ensemble.
J'ai trouvé un billet. Celui qui arrive en premier à l'enregistrement demande que l'on soit placés à côté.

Qu'est-ce que tu fais pour les vacances ?

Nous avions un hôtel... Propre, agréable... Et un confort... Les chambres étaient claires, impeccables, on te met une corbeille de fruits avec un petit mot. Quant au service, je n'ai jamais vu ça : un personnel d'une gentillesse...

Les gens ont la joie de vivre, ils rient, ça fait plaisir à voir. Et quelle simplicité !

Elle n'est pas contrariante. Tu lui proposes d'aller au restaurant : « Si tu veux, pourquoi pas. » On reste à la maison ? « Très bien. » Et puis elle est décontractée.

Ah les Américains ils sont décontractés. Ils sont d'un naturel. Ils n'ont aucun complexe.

Non, ça n'est pas trop grave. Il est à l'hôpital. C'est un problème au cœur. On lui a trouvé un caillot. Alors on lui a mis un comment ça s'appelle… un petit parapluie que l'on greffe dans l'artère, il s'ouvre et il se ferme et ça entraîne les battements.

# DANS LA MÊME COLLECTION

7713

Composition Chesteroc Ltd
Achevé d'imprimer en France (Manchecourt)
par Maury-Eurolivres
le 16 août 2005.
Dépôt légal août 2005. ISBN 2-290-34442-7

Éditions J'ai lu
87, quai Panhard-et-Levassor, 75013 Paris
*Diffusion France et étranger : Flammarion*